U0871554

世界经典诗歌小说译丛

吴岳添　主编

小爱神

——斯宾塞十四行诗集

［英］埃德蒙·斯宾塞　著

曹明伦　译

中国盲文出版社

图书在版编目（CIP）数据

小爱神：大字版 /（英）埃德蒙·斯宾塞著；曹明伦译 .—北京：中国盲文出版社，2019.7

ISBN 978-7-5002-8872-5

Ⅰ . ①小…　Ⅱ . ①埃…　②曹…　Ⅲ . ①十四行诗—诗集—英国—中世纪　Ⅳ . ① I561.23

中国版本图书馆 CIP 数据核字（2019）第 006462 号

小爱神——斯宾塞十四行诗集

著　　者：[英] 埃德蒙·斯宾塞
译　　者：曹明伦
责任编辑：刘丽莹　亢　淼
出版发行：中国盲文出版社
社　　址：北京市西城区太平街甲 6 号
邮政编码：100050
印　　刷：东港股份有限公司
经　　销：新华书店
开　　本：700 × 1000　1/16
字　　数：200 千字
印　　张：10.5
版　　次：2019 年 7 月第 1 版　2019 年 7 月第 1 次印刷
书　　号：ISBN 978-7-5002-8872-5 / I · 1889
定　　价：29.00 元
编辑热线：（010）83190257
销售服务热线：（010）83190297　83190289　83190292

版权所有　侵权必究　　　　印装错误可随时退换

作者简介

埃德蒙·斯宾塞（Edmund Spenser，1552~1599），英国文艺复兴时期最重要的诗人之一，他继承并发展了英诗的叙事、抒情和讽刺传统，一生都在探索诗歌的格律形式，诗歌语言极富图画性及音乐性，被称为“诗人中的诗人”，对同时代及后世的英国诗人产生了巨大影响。

译者简介

曹明伦，四川自贡人，著名翻译家；北京大学文学博士，四川大学二级教授、博士生导师，成都大学特聘教授；中国作家协会会员，中国翻译协会理事，成都翻译协会会长，《中国翻译》《英语世界》等刊物编委；国务院政府特殊津贴专家，四川省有突出贡献的优秀专家；著有《翻译研究论集》《翻译之道：理论与实践》《英汉翻译实践与评析》和《英汉翻译二十讲》，译有《爱伦·坡集》《弗罗斯特集》《威拉·凯瑟集》《培根随笔集》《司各特诗选》和《伊丽莎白时代三大十四行诗集》等多种英美文学经典。

序

吴岳添

您现在看到的是中国盲文出版社出版的一套真正的外国文学经典。

世界文学宝库中的名著琳琅满目，经过历代读者评论鉴赏、得以流传后世的杰作被称为经典。经典自然不胜枚举，因此编选经典的首要问题就是如何选择书目。

成立于1953年12月的中国盲文出版社，是为国内盲人服务的公益性文化出版机构，服务人群包括大约1000万有视力残疾的低视力读者。专供低视力读者阅读的大字版用纸量大、印数有限，成本较高，为实现有效出版，选题必须优中选优、精益求精。

中国盲文出版社精心策划的这套译丛，从以下三个方面满足了大字版图书的出版要求：首先，入选书目均为外国文学经典名著；其次，译者水平一流，从而保证了译稿的质量；第三，篇幅不长，每种图书字数基本不超过15万字。

从英国的莎士比亚、斯宾塞和雪莱到爱尔兰的叶芝，从德国的歌德、海涅到法国的波德莱尔，从俄国的普希金到印度的泰戈尔，乃至获得诺贝尔文学奖的西班牙诗人希梅内斯，哪一位诗人的名声不是有口皆碑、如雷贯耳？从奥地利的茨威格和卡夫卡到俄国的普希金、契诃夫，再到日本的芥川龙之介，法国从巴尔扎克、梅里美、左拉、都德到获得诺贝尔文学奖的法朗士，他们的小说都早已驰名于世、广为流传。

文学作品在世界上的传播需要翻译，经典更需要一流的译者才能生动传神。这套译丛的译者来自中国社会科学院外国文学研究所或著名高校，他们一直从事外国文学的研究和教学，具有深厚的学术功底和语言修养，成果丰硕、著作等身，曾获得国内外各种勋章和荣誉。他们经验丰富，译笔流畅、炉火纯青，由他们来翻译或删节经典，自然是驾轻就熟、游刃有余。更为可贵的是他们虽然大多年事已高，但都尽力发挥余热，热情支持出版社的约稿，积极投身于这项为残疾人服务的慈善事业，从而保证了这套译丛的顺利出版。

中国盲文出版社的张伟社长等领导对这套译丛十分关注，从确定选题到版本选择都事必躬亲。策划编辑包国红女士更是事无巨细都亲自过问，为确保译丛的质量而殚精竭虑。这套译丛为低视力读者打开了一个通向世界的窗口，使他们也能享受全人类共有的文化宝藏。在译丛出版之际，我谨向中国盲文出版社和全体译者致以崇高的敬意和衷心的祝贺，愿广大低视力读者能从这套译丛中获得阅读的乐趣。

2018 年国庆节

目录 CONTENTS

Edmund Spenser

Amoretti

本书根据 Oxford University Press 1947 年版译出

1

书页哟，你们真幸运，那纤纤玉指，
那双主宰我生命的百合花般的小手，
将触摸你们，用爱的柔情将你占据，
就好像俘虏在胜利者的目光下颤抖。

字行哟，你们真幸运，那灿灿明眸，
那灿灿明眸有时会对你们纡尊降贵，
读我垂死的灵魂，读我积聚的忧愁，
解读这些用心血写成的流泪的字堆。

诗篇哟，你们真幸运，能沐浴圣水，
自从那圣水从赫利孔山间起源流淌，[①]

---

① 赫利孔山在希腊中部，传说是缪斯居住之山；此处诗人用赫利孔山的圣水比喻他情人的眼泪。

当你们仰看那个安琪儿圣洁的妩媚，
我的灵魂却久久饥渴，渴望那天堂。

书页、字行、诗篇哟，尽量使她高兴，
只要你们能使她高兴，我就别无忧心。

2

不平静的思绪哟，你开始滋衍，
在我受爱情煎熬的忧伤的心里；
最初只是忧思绵绵，声声悲叹，
到后来却愈演愈烈，难以抑制。

宣泄出来吧，从我深深的心底，
你一直像毒蛇一样在那儿藏身，
去寻找一个救星解除我的悲郁，
同时也为你自己寻觅养料食品。

但若是偶然遇见那骄傲的美人，
那你就恭恭敬敬拜伏在她脚边，
卑谦地向她哀求，苦苦地恳请，
请她把你宽恕，求她赐我恩典。

如蒙她垂青，那就把我的爱珍藏，
如被她拒绝，我就随你一道死亡。

3

我所崇拜的那位美丽的姑娘，
证明这世界是多么值得赞叹；
那团被天国圣火点燃的光亮，
由她擢升，从我卑微的心田。

她的灿烂光辉使我眼花缭乱，
我不能再容忍看见凡夫俗景；
面对那稀有罕见的绝世奇观，
我只能呆呆站立，目不转睛。

每当我想说出她应得的赞称，
骇然惊诧总是凝住我的舌头；
每当我想写下她高洁的芳名，
奇思异想总是攫住我的双手；

但在我心中，我依然在写在说，
说我无法言传笔书的天姿国色。

4

新年从岁月的门户极目远看，
仿佛为新的欢乐许诺下希冀；
对过去的日子说声一路平安，
再让心中的积郁统统都消失。

它从凄凉的冬夜将爱神唤起。
爱神一直沉睡在阴郁的冬房；
催促他快快清醒，快快装饰
他致命的金箭和淘气的翅膀。

因为现在已初现明媚的春光，
活泼的春天正准备将他欢迎；
春天还呼唤大地快披上盛装，
用五彩鲜花编织美丽的衣襟。

所以哟，你这朵正值妙龄的鲜花，
快快准备停当，来享受爱的芳华。

5

若对她吹毛求疵，说她太高贵，
就是对我心中之爱粗暴的侮辱；
她身上我最最赞赏的端庄之美，
在这个世上最不应该遭人忌妒。

因为她那高贵的脸上分明显出
对庸俗的蔑视，对卑劣的鄙夷，
威慑着那些轻率而猥陋的眼目，
使它们不敢在她身上恣意放肆。

这高贵值得称赞，端庄是名誉，
她眼里闪烁着勇敢的纯洁之光；
她那美丽的容貌像美丽的军旗，
不顾敌人们的挑衅，傲然飘扬。

假如没有这一分自娱自足的傲慢，
这世上便没有任何东西值得流连。

6

千万不要沮丧，如果她那颗心
仍然未被打动，依然高傲冷漠；
这样的爱并非那种世俗的春情，
这种爱越经磨难，越锲而不舍。

那年久的橡树，树汁尚未干涸，
虽说从不曾接受过雷电的洗礼，
可它一旦燃烧，将迸发出炽热，
它腾起的熊熊火焰将铺天盖地。

真难呀，要在那颗善良的心底，
点燃那将永远燃烧的新的火焰；
爱的痛苦将长久折磨我的躯体，
纯洁的热情唯有死亡才能割断。

所以哟，要使爱的结合天长地久，
千万别指望轻而易举，一蹴而就。

7

美丽的眼睛，我迷茫心灵的明镜，
你们到底蕴藏着什么神奇的力量？
对你非凡的目光映出的这个身影，
你射出的究竟是生命，还是死亡？

因为当你们含情脉脉，发出柔光，
我的灵魂便会被激发出爱的生机；
但当你低垂眼帘，或者侧目张望，
我便会像被雷电击中，顷刻死去。

可是既然生命比死亡更令人希冀，
那就请你多和颜悦色，常露笑脸；
我卑微的眼睛所赞美的你的欢愉
会在我心灵深处燃起生命的火焰。

这样的生命将是你笑颜常开的光彩，
这样的死亡将是你非凡魅力的悲哀。

8[①]

胜过天下美人，充满勃勃生机，
连你的造物主也因此增添光彩；
你那快活的眼睛具有千种魅力，
世上再没有别的眼睛比这可爱。

由于你的光辉，那位瞎眼盲童[②]
未用他的金箭射伤卑微的感情；
而是由天使将脆弱的心灵引送，
毫无邪念地休憩在你美的仙境。

---

① 这首诗的形式别出一格，不同于本诗集其余88首，其形式为莎士比亚体（脚韵为abab cdcd efef gg），而不是斯宾塞惯用的诗体（脚韵为abab bcbc cdcd ee）。有人认为这首诗不是写于诗人向伊丽莎白·博伊尔小姐求婚的1593年，而是写于更早时期；不是写给未婚妻的，而是献给朝廷重臣亨利·加里（Henry Carey. 1524？~1596）之妻罗莎琳的；不是一首求婚的情诗，而是一首更柏拉图式的赞歌。

②“瞎眼盲童”指小爱神。

铸造我的举止，匡正我的思想，
止住我的舌头，教我用心说话，
你平息了我最初风暴般的欲望，
理由铿锵有力，语气温文尔雅。

没有你的光辉，世界将一片黑暗；
不虚此生哟，若能常见你的容颜。

9

很久以来我一直在找寻，什么
能比拟那双照亮我灵魂的眼睛，
虽然我在这世上找到很多很多，
但都不敢用来比喻那灿灿光明。

不能比太阳，眼睛夜里也晶莹；
不能比月亮，因明眸没有圆缺；
不能比星星，眼睛更清亮明净；
不能比火焰，因明眸永不熄灭；

不能比钻石，因为钻石太硬撅；
不能比雷电，因为雷电太短促；
不能比水晶，因为水晶会碎裂；
不能比玻璃，那是对她的亵渎；

那么，只有把那眼睛与上帝相比，
它们是那么相似，光辉普照大地。

10

不公正的爱神哟，这是何法？
你竟让我如此这般备受折磨；
可她却逞威作福，水性杨花，
而且还随心所欲地嘲笑你我。

你看那女暴君怎样幸灾乐祸，
欣赏她那双眼睛造成的杀戮；
把受伤的心俘虏到你的王国，
而也许你会对他们施行报复。

但请你稍稍震震她那份自负。
震震她那种傲睨万物的骄矜；
请你稍稍可怜可怜这些无辜，
在你的黑簿上记下她的罪行。

这样我便可如法炮制将她嘲笑，
就如同她把我的痛苦当成笑料。

11

我每天都渴望得到和平与安静，
为此我不惜付出任何抵押当头；
可她这个残酷的武士一意孤行，
非要重新挑起令我厌倦的战斗。

道理和规则全都不能使她罢手，
她不让我疲惫的身心得到复苏；
她贪婪的心中只有野蛮的追求，
要我这条小命成为可怜的猎物。

为摆脱烦恼，为平息她的愤怒，
我情愿把我这可怜的生命舍弃；
但她对我千般刁难，万般欺侮，
强迫我苟且偷生，不让我去死。

早已结束了，别人的痛苦和战争，
但祈祷和抵押都没给我带来和平。

12

一天，我想与她撼人心魄的眼睛
休战，并试图与之进行媾和谈判；
可那些胆大妄为无信无义的敌人
却企图诱使我背信弃义自食其言。

所以当我已刀枪入库，马放南山，
一个心地邪恶的伏兵却悄悄出动，
它一直在她狡猾的眼中埋伏躲闪，
现在却突然袭击，向我发起冲锋。

我软弱无力没法阻挡猛烈的进攻，
成了她的俘虏，被迫放弃了抵抗；
从此以后我便落入了它那双手中，
从此以后我便身陷那无情的罗网。

所以哟，小姐，我现在向你申诉，
我理所应当对你的眼睛不屑一顾。

13

当她把美丽的脸庞举向天宇，
以其高贵的仪态，风姿卓绝；
当她把美丽的眼睑低向大地，
你会发现一种最美妙的和谐，
柔静的谦卑交织着超然高洁。

因为当她注视生养她的泥土，
她不禁想到自己也终将殒灭，
红颜来自何处终将归于何处。

可她似乎也在藐视庸人凡夫，
在沉思冥想她如何升入天堂；
凡人奔忙在大地，庸庸碌碌，
扬起的尘土妨碍高尚的思想。

但请你依然垂顾我这凡俗之人，
这样的谦卑将使你更显得神圣。

14

回来吧，我刚刚受挫的力量.
重新开始被完全放弃的进攻，
懦夫般离去真叫人羞愧难当，
攻陷漂亮的城堡当然不轻松。

攻这样的城堡需要风狂雨猛。
不像你平日攻那些小小堡垒。
那高傲的心灵习惯山摇地动，
最瞧不起她的对手一触即溃。

所以哟，尽可能地养精蓄锐，
朝她的心儿发起不断的攻击，
乞哀告怜赌咒发誓再加忏悔，
再高傲的情人也会回心转意。

这招若是不灵，就死在她跟前，
只要你真想活，真想把她爱恋。

15

风尘仆仆的商人们不辞辛劳，
为寻求金银宝贝竟远涉重洋，
而且还掠夺印度的奇珍异宝，
可你们何必徒然去异国他乡？

其实哟，我那位心爱的姑娘
就拥有世界上一切瑰宝珍玩；
她的眼睛比蓝宝石更明更亮，
她的嘴唇比红宝石更艳更鲜，

她的玉齿像珍珠样又白又圆，
她的面颊如象牙般润滑光洁；
说黄金，她的发丝金光灿灿，
说白银，她的纤手明明如珏。

但有一件最美的珍宝最难找寻，
这就是她那颗美好纯洁的芳心。

16

有一天，正当我在无意之中
瞥见她那双永远明亮的眼睛，
我的心儿惊得几乎停止跳动，
她那可爱的面庞就像是幻影。

我能看清她眼里的那番情景，
一群爱神正扑动小小的翅翼，
朝着每一位映入秋水的恋人，
射出一支支金光灿灿的箭矢。

我发现一个弓箭手近在咫尺，
正瞄准我的心窝要开弓放箭，
可这时她却突然眨动了眼皮，
将那支居心叵测的飞箭折断。

如果她不眨眼，我必将被射杀，
但她眨眼我也难逃痛苦的生涯。

17

那一幅光彩夺目的天使的容貌，
把艺术家们的鉴赏力统统惊飞；
她使普天下的光彩都微不足道，
有什么样的大手笔能将她描绘？

虽然有人能尽情渲染色泽光辉，
尽管有人能随心所欲笔下生花，
即使笔端不抖，画像不被损毁，
仍然有许多风采神韵难以描画。

她那美妙的眼神犹如飞箭飘滑，
她那迷人的微笑令人心醉神迷，
还有她的欢愉，她的高贵典雅，
令最最高明的画师也无能为力。

所以哟，还需要有一位宗师画圣，
来画出她的生命，画出她的灵魂。

18

圆圆转轮，只要天长地久，
也能割断最最坚硬的铁器；
涓涓细泉，只要日月长流，
也能穿透最最坚硬的燧石。

可是我不尽的眼泪和唏嘘，
却不能软化她的铁石心肠；
她甚至不肯听听我的哀乞，
她甚至不愿看看我的悲伤。

我恳求，她要我意志坚强，
我流泪，她说是水流雨飘，
我叹息，她说我装模作样，
我痛哭，她竟然开怀大笑。

于是我白白地哀求痛哭伤心，
她依然如铁如石，毫不动情。

19

快活的布谷鸟，春天的信童，
大地上已响起它清脆的啼鸣；
提醒痴男怨女去把爱神侍奉，
爱神戴着花的王冠姗姗莅临。

随着森林中百鸟齐鸣的声音，
随着赞美爱神的甜润的颂诗，
森林中所有的树木声声回应，
仿佛它们懂得那颂诗的意义。

可在这赞美颂扬的合唱队里，
出人意料地听不见她的声响。
她高傲地拒不服从神的旨意，
并且奚落神的旨意贻笑大方。

所以哟，爱神，除非她幡然悔悟，
如若不然，就罚她成为爱的叛徒。

20

我乞求她心发慈悲终归徒然，
我向她奉上谦卑也枉费心机；
她对我百般蹂躏，任意作践，
把我的生活踩入十八层地狱。

可即便是那威风八面的雄狮，
统治着莽莽森林的百兽之王，
也总会出于尊严而毅然放弃
吞噬一头正向它归顺的羔羊。

可她的凶残比雄狮更加嚣张，
她的酷虐比母狮也更加残暴，
她不为鲜血淋淋而羞耻恓惶，
反而把暴戾恣睢当作了荣耀。

天下最美的美人哟，别让人轻蔑，
说你身上浸透了一个俘虏的鲜血。

21

是自然天工，还是神乎其艺，
造就出她这样一副花容玉貌，
骄矜与温柔和谐地浑然一体，
似乎把她装扮得更秀雅娇好。

当她用柔顺代替了倨傲孤高，
她诱得观者一个个坠入情网；
但当她翻脸又变得严厉高傲，
热恋者的欲望又都一扫而光。

她的眼睛也习惯玩这种伎俩，
一个冷眼就能让我痛不欲生，
可她的秋波又令我心花怒放，
她一颦一笑总使我悲喜不定。

就这样她用她的脸色把我驯服，
我从未在书中读到过这门艺术。

22

这神圣的季节适合斋戒祈祷，
人们在此时最容易皈依教门：
所以哟，我也要出门去寻找，
寻找那位适合我侍奉的圣人。

她那美丽的神殿将建在我心，
神殿里将供祀她光辉的圣像，
我会像虔诚的牧师绝不走神，
日日夜夜精心侍候在她身旁。

我将亲手为我创建乐土一方，
并建一座祭坛平息她的气恼，
我要把我的心供在祭坛之上，
让它随纯洁的欲火熊熊燃烧。

哦，我的女神，请接受这颗心，
把它作为珍爱的纪念永远保存。

23

珀涅罗珀为了等候俄底修斯，
千方百计把她的求婚者欺骗；
她白天辛辛苦苦织好那寿衣，
可晚上又一丝一线将它折散。①

我那位小姐也会耍这种手腕，
以便回避我对她的痴心追求；
我经年累月编织的美丽图案，
她转眼之间就把它化为乌有。

---

① 珀涅罗珀是希腊神话中英雄俄底修斯的妻子，在俄底修斯外出征战漂泊的二十年里，她曾使出许多计策来避免众多求婚者的追求，其中一计便是假称要为俄底修斯的父亲织一件寿衣，织完后才能另择新夫。但她白天织，夜间拆，结果总是完不了工。

当我以为马上就要大功告就，
但结果我却不得不从新开始，
她一颦使我的努力付诸东流，
她一言使我的辛劳前功尽弃。

我发现我的追求就像蜘蛛织网，
一丝轻柔的微风也会将它扫荡。

24

当我看见那美人娇艳欲滴，
看见她空前绝后白璧无瑕；
我敬重造物主非凡的技艺，
我赞叹自然天工出神入化。

当我感到她对我不牵不挂，
感到她的漠视造成我痛苦，
我以为看见一个新潘多拉，①
致命的利箭从她眼里射出。

---

① 潘多拉是希腊神话传说中地上的第一个女人。普罗米修斯盗天火给人类后，主神宙斯大怒。为了报复，宙斯命火神赫淮斯托斯用粘土做成一美女，取名潘多拉，把她送给厄庇墨透斯。厄庇墨透斯不听兄弟普罗米修斯的劝告，收下潘多拉为妻。潘多拉貌美性诈，擅自打开了宙斯让她带给厄庇墨透斯的一只盒子，于是盒里装的疾病、疯狂、罪恶、嫉妒等祸患一齐飞出，只剩希望留在盒底。从此人间充满各种灾祸。

天上的神祇们都一致拥护，
把她送到罪孽深重的人间，
用她惩罚世人犯下的孽辜，
她将成为罪人受苦的源泉。

可既然你是我一个人的灾星，
我求你对我的惩罚不要太狠。

25

这死一般的生活得延续多久，
何时方知晓这苦难未有穷期；
难道只能在无常中衰竭枯朽，
在恐惧与不定的希望中度日？

但你最好是马上就让我去死，
以此作为你骄傲的最后例证；
这也胜过你对我残酷的凌轹，
就为把使我痛苦的魅力证明。

不过，假若在你冷酷的心灵，
还藏着终将向我施舍的恩典，
那我将甘心情愿，情愿甘心，
去拥抱我所承受的全部苦难。

我希望这样的苦难将更多更大，
我唯愿最终的报偿是种瓜得瓜。

26

玫瑰可爱，但却开放在荆丛；
杜松可爱，但有锋利的枝条；
野蔷薇可爱，但能把人刺痛；
枞树花可爱，但枞枝太粗糙；

丝柏可爱，但它树皮太苍老；
坚果可爱，但它的果仁苦涩；
金雀花可爱，但却遍布山坳；
莫利草可爱，但根却是黑色。①

所有可爱都是与瑕疵相调和，
才使得人们对可爱更加向往；

---

①“莫利草”是生长于欧洲的一种百合花属植物，在希腊神话中被描绘成白花黑根、能驱邪避祸的魔草。

因为对轻而易举到手的欢乐，
人们虽然享受，却很少珍藏。

那我干吗要在乎这小小的痛苦，
痛苦将带给我无穷无尽的幸福。

27

既然世间的荣耀不过一堆脏土，
骄傲的美人请告诉我为何骄傲；
当死亡的阴影把美本身也遮覆，
你就会知道美是多么微不足道。

今朝的偶像衣着华丽风致娟好，
但总有一天会脱下借来的美衣；
现在虽有千人赞慕，万众倾倒，
那时将被人遗忘，像不曾在世。

不会有人再把你挂念把你问及，
不会有人再把你述说把你缅怀，
只有我这用徒然痛苦凝成的诗
才能使你的芳名流传千秋万代。

美人哟，别再为易逝红颜而骄傲，
请珍惜这将使你得到永生的诗稿。

28

今天你用月桂树叶作为盛装，
使我对你的仁慈又满怀憧憬；
既然月桂应是我佩戴的徽章，
你戴它似乎是表示对我倾心；

月桂常常激发我的灵感诗情，
它同样会激起你的柔情蜜意，
使你回想起那位骄傲的女神，
她早已经化做月桂亭亭玉立。

达佛涅瞧不起福波斯的爱欲，[①]
从色萨利岸迈开飞逃的双足，

① 达佛涅是希腊神话中河神泊涅俄斯的女儿，坠入情网的福波斯（即阿波罗）对她追求不已，她恳求众神援助，被变成月桂。达佛涅和阿波罗的故事常常为诗人和艺术家们利用。斯宾塞引用神话典故而又加以改造的情况也见于他的其他诗作。

天上众神怒于仙女薄情寡义，
最后把她变成了月桂树一株。

那么，美丽的爱人，别再奔逃，
把福波斯的桂叶和爱拥在怀抱。

29

这少女是多么地倨傲而愚顽，
竟曲解了我对她纯朴的祝福；
就因为我奉献给她一顶桂冠，
她就以为我是她可怜的俘虏。

她说那桂冠是胜利者的产物，
由失败者献给他们作为荣誉，
他们再把桂冠戴上诗人头颅，
让诗人歌颂他们的丰功伟绩。

但既然她有当征服者的意思，
就让她把我作为忠实的仆人，
让她宣扬她对我取得了胜利，
我会在她的宣扬中四海扬名。

因此我愿为她戴上光荣的月桂，
让全世界充满对她胜利的赞美。

30

我爱人犹如冰，而我就像火；
可为何那冰在火中并不消融，
而当我胸中的火焰越是炽热，
她那心里的坚冰却越发冰冻？

为什么我这滚烫的灼热腾腾，
并未在她的冰天雪地里冷却，
而我却烧在沸腾的热汗之中，
感觉到那熊熊火焰越烧越烈？

还有更奇妙的事情值得一写，
融化万物的烈火竟使冰更坚，
而那会冻僵世间万物的冰雪，
竟会不可思议地将烈火点燃。

这就是爱的力量，在人的心里，
爱能改变一切，创造世间奇迹。

31

哎，造物主为什么这般狠毒，
竟赋予天下美人这娇容玉姿？
她们的美损坏了更好的要素，
糟踏了所有昂贵的珠宝首饰。

因为造物主早已把狰狞形体，
给予了那些生性嗜血的走兽，
以便它们能用恐怖把人追袭，
警告人们避开它危险的血口。

可更有害的是我漂亮的女友，
她偏用迷人的姿容把人诱惑，
以便她那双残酷的纤纤玉手
伸进俘虏的鲜血中尽情洗濯。

但若她知道表里不一是种罪戾，
她会马上摒弃这种残酷的游戏。

32

辛劳的铁匠能用炉中的火花
很快将最最坚硬的顽铁烧软；
然后他抡起沉重的铁锤敲打，
锻打出各种式样，随他喜欢。

但我却没法烧旺这样的火焰，
因为她的心儿比顽铁还坚硬；
而我的哀诉乞求也终归徒然，
不能在铁砧上锻打她的顽钝。

当她越是发现我激发出热情，
她越是固执傲慢，冷若冰霜；
我越是火热她越是冷冷冰冰，
我越是恳求她越是铁石心肠。

还会有何结局，除非我烧成灰，
而她也变成冷森森的一块石碑。

33

对我所崇敬的最尊贵的女皇，
我没法否认我已经铸下大错，
我未能写完她的《仙国女王》，[①]
那诗会扩大对她热情的赞歌。

但我的命星哟，请宽恕于我，
你难道不认为已写成的诗稿
对一个人的才智已太多太多，
因为我其余诗篇都粗制滥造。

---

① 《仙国女王》(*Fairy Queen*，旧译《仙后》)是斯宾塞一生最重要的作品，诗人以诗中的仙国女王葛罗丽亚娜为名来颂扬伊丽莎白女王。该诗原计划写12卷，后来只完成6卷，其中后三卷的创作始于1592年，终于1594年，离诗人逝世尚有5年。另参见本集第80首及注释。

我怎能指望继续冗长的辛劳，
假若我不能有新的智慧才思；
旧的灵气早已经被乱情抛掉，
有一个美人破坏了我的情绪。

停笔吧，直到她请我写其余部分，
不然你给我另一颗生机勃勃的心。

34

犹如一叶孤舟在汪洋中漂摇，
靠北斗七星为它指引着航向，
当风暴迷蒙了它忠实的航标，
它偏离了航程，任漂泊四方。

为我引路导航的那灿烂星光，
现在也被浓密的乌云所遮蔽，
让我在黑暗恐怖中随波逐浪，
面对潜伏的种种困难与危机。

但我充满希望，当风暴过去，
我的赫利刻，我生命的北斗，[①]

① 赫利刻是希腊神话中宙斯的情人，被妒妒的赫拉变成母熊，宙斯将其安置天上，成为大熊星座。

终将重放光芒，再把我凝视，
用柔和星光拂去我心中忧愁。

但我先得小心翼翼历尽漂泊，
怀着无有知晓的悒郁和苦涩。

35[①]

目不转睛哟，我饥渴的双眼，
不辞辛劳地凝望它们之所爱；
永远看不够，永远没有抱怨，
默默地承受着单相思的悲哀。

---

① 本首与第 83 首几乎完全相同，差异仅在于第 83 首多几个表示停顿的逗号，两诗中有几个词的拼写有异，另外第 6 行中有一词不同（第 35 首为“而它们越有她便越是看不够”，第 83 首则为“而它们越是看她越是看不够”）。两相比较，可断定第 83 首实际上是第 35 首的修改稿，但不知何故两稿均入集。这便是一些书上对《小爱神》的首数提法不统一的原因。有的说是 88 首（如《中国大百科全书》和北京师院出版社出版的《外国抒情诗赏析辞典》），有的说是 89 首（如《英国文学史纲》和北京大学出版社出版的《世界名诗鉴赏词典》）。本诗对照第 83 首译出，第 6 行从第 83 首。

因为若不看她，生活更难捱，
而它们越是看她越是看不够；
就像那耳喀索斯他顾影自爱，[1]
惊奇诧异使我过分定睛凝眸。

但我双眼对一切都不堪忍受，
它们只凝望那个美丽的倩影，
对它们曾经喜欢的朱颜红袖，
现在却不屑一顾，索然无兴。

世上一切光彩于我都微不足道，
与她相比所有光彩都黯然渺小。

---

① 那耳喀索斯是希腊神话传说中之美少年，他看见水中自己的倒影，顾影自恋，相思而死，众神把他的尸体化为水仙花。

36

请告诉我这些愁苦何日能消，
何时能结束这些残酷的折磨，
或者我今生将永远焦思烦恼，
永远也没有希望能得到解脱；

是否我永远没法把安宁获得，
也没法取悦于她诱人的眼睛；
是否它们的残酷将越来越多，
而我的悲惨不幸也与日俱增。

但当你炫耀尽致，风头出尽，
想想你到底得到了几分荣光，
你干脆杀死这个你藐视的人，
也许会使你的荣耀更加辉煌。

但或许有人会因他之死而悲哀，
而你将被千人唾骂，万人责怪。

37

多古怪的人哟，竟那么奇妙，
将一头金发装饰在金网之下；
用心那么诡谲，技艺那么巧，
叫你分不出是黄金还是秀发。

男人鲁莽的眼睛将因此昏花，
会被她诱入那张金质的罗网；
当你还来不及发现她的狡诈，
脆弱的心早已被她死死缠上。

所以千万要当心，我的目光，
今后对那狡猾罗网别再注目，
万一你们坠落网中陷入牢房，
那永远别想再逃离她的束缚。

自由之身不应该贪图手铐脚镣，
即便那些东西全都用黄金铸造。

38

当阿里翁跨海穿越暴风骤雨，
他被抛进了贪得无厌的海洋；
由于他用竖琴奏出优美乐曲，
一只海豚拯救他脱离了死亡。[1]

但我的歌声粗糙，琴艺疏荒，
虽说也曾使优雅的耳朵高兴，
却不能平息她愤怒时的风浪，
不能从她的执拗中引来海豚。

她依然自以为是，目中无人，
毫不在意我的生命为她枯萎；

---

① 阿里翁是希腊神话传说中的诗人和歌手。相传他在从西西里岛的音乐比赛获奖后归国的途中，船上水手要谋财害命，他请求刽子手让他唱最后一次歌，唱完便自己投身大海，一只被他歌声所迷的海豚救他上岸。

而她救我杀我只是一字之分，
杀我是遗憾，而救我是赞美。

那就选择赞美吧，求你行行好，
别因沾上无辜的血而被人申讨。

39

甜蜜的微笑，爱神之妻的女儿，①
显示着你母亲威力无比的技艺；
她常常以此来平息爱神的愤怒，
当爱神用金箭来恫吓所有神祇。

你的功效就像你本身一样甜蜜，
因为当你最近把忧伤的我照耀，
欢乐便注满我全身，沁人心脾，
使我失去欢乐的心又阳光普照。

当在天堂般的狂喜中魄荡魂销，
我心醉神迷就像是坠入了梦境，

① 爱神之妻指爱神厄洛斯（或丘比特）之妻普绪刻（又译普赛克），他们的女儿即“欢乐”。

从此以后我满足于甜蜜的微笑，
再也不感到凄凄哀哀恻恻殷殷，

从此以后我细细咀嚼，慢慢品尝，
那微笑远胜过仙酒神食玉液琼浆。

40

快看哟，当她露出可爱的笑脸，
告诉我，你会把它比喻成什么；
当一百名司美女神甜蜜地显现，
凝聚于她那对浓淡相宜的眼窝。

对于我这智穷才竭的笨人来说，
那微笑我只能比做夏日的阳光；
当一场可怕的暴风雨刚刚经过，
它便为这广袤的世界洒下光芒；

把小鸟们避风躲雨的枝丛照亮，
也照耀每一头逃回山洞的走兽，
它们又重新出来，摆脱了沮丧，
迎着阳光重新扬起了它们的头。

我这被风暴摧残的心也欢欣鼓舞，
当阳光驱散了那脸上的愁云惨雾。

41

这是她的天性还是她的欲望，
对一个卑谦的对手这般暴戾？
若是天性她会用理智来改良，
若是欲望那她可以随意放弃。

但如果她天性欲望都是如此，
她将把最爱她的人拼命折磨，
她天性中善良的品格将失去，
会用那可怜人的痛苦来取乐。

那美人自命不凡的娇艳姿色，
不过是诱饵为了把猎物引来，
让他们在她爱的风暴中颠簸，
而她只想最终把上钩者伤害。

哦，最美的美人哟，别留下骂名，
让人骂如此美女有如此丑陋的心。

42

如此残酷地使我痛苦的爱哟，
是如此可爱，当痛苦到极致；
结果它越增加我的悲伤苦涩。
我越爱那将使我毁灭的灾戾。

我不奢望（因为奢望也无益）
从我连绵不断的痛苦中解脱，
而是乐于永远成为她的奴隶，
用这颗被俘虏的心作为誓约；

这可怜的心绝不会离她片刻，
如果能使她高兴，那就让她
囚住这颗心，用坚固的枷锁，
使它免于游荡的爱情的欺诈。

不过得让她放弃她的冷酷无情，
千万别让我早早地就夭亡殒命。

43

我该开口说话还是保持沉默？
如果说话，将重新惹她恼怒；
如果沉默，我的心儿将憋破，
或窒息，被难以抑制的痛苦。

这是何等的专横，何等跋扈，
迷住我的心又捆住我的舌头？
叫我既不能思想又不能倾诉，
只能像一截树桩无言地枯朽，

但我将对我的心儿循循劝诱，
悄悄地教它用沉默表明心迹；
我将教我的眼睛用卑谦温柔，
向她的眼睛传授爱情的知识。

她那份能拼读真心实意的智慧，
将很快被启蒙，读懂爱的精髓。

44

当那些高贵著名的希腊英雄，
因为刚愎和骄傲而自相争执，
是俄耳甫斯用竖琴平息内讧，
使他们继续去把金羊毛寻觅。[①]

但是我心中连绵持久的战役，
这场我自己反对自己的战争，
当势单力薄的欲望遭到攻击，
却没有技艺和智慧能够平定。

当我弹起我那柄走调的竖琴，
却反倒为虎添翼，火上烧油，

---

① 俄耳甫斯是希腊神话中的著名歌手，他的歌喉琴声能使树木弯腰，顽石移步，猛兽俯首。他曾参加阿耳戈船英雄们寻找金羊毛的远航，用他美妙的歌声和竖琴为寻觅金羊毛做出了许多贡献。

使忧伤复苏，也把欲望唤醒，
重新挑起反对我自己的战斗。

我越是想从中斡旋，调停劝和，
它们的怨恨和敌意就越发增多。

45

小姐，别总是从你的水晶明镜，
欣赏你自己那美丽可爱的容颜；
对着我看吧，我是说从我内心，
你将看到的倩影更加逼真娇艳。

在我心灵深处，虽说凡珠俗眼
几乎不能看到如此神圣的奇迹，
可你绝世独立的风姿千秋不变，
你明媚秀丽的光彩将万古不熄；

其风姿不会因你的无情而消逝，
其光彩不会因我的忧愁而昏黄；
在我心中，你光彩照人的容姿，
将显得比水晶更皎洁，更清亮。

但若在我心里你亲眼看见了忧愁，
就请你移掉那有损你光辉的缘由。

46

当约定逗留的时间悄然而逝，
那无情的美人命我马上回家；
这时老天突然送来狂风暴雨，
仿佛是要我违她之命而留下。

我该遵从天命还是听她的话？
老天最最知晓我心中的希望，
但她的意志将决定我的生涯，
所以我得服从我人间的上苍。

老天哟，虽然你看见我忧伤，
但既然你的暴风雨无济于事，
那就请息雨停风，稍稍谦让，
不然你俩将使我无葬身之地。

单单是她施加于我的苦雨凄风，
就已经足够我忍受，够我支撑。

47

别相信她那些靠不住的微笑，
当你已经吃够了微笑的苦头；
它们不过是一枚枚黄金鱼钓，
隐藏着诱饵专等待笨鱼上钩。

她就这样用媚笑将弱者引诱，
诱他们坠入情网，自讨苦吃，
然后她傲慢无情地开始动手，
杀害可怜的无辜，随心所欲；

但即使那双血手将无辜杀死，
她也眼含微笑，也可爱迷人，
使他们乐于她那残酷的游戏，
使他们忘却他们的痛苦不幸。

哦，微笑，你引诱人爱上灾祸。
以为他们活得痛苦，死才快活。

48

无辜的纸笺哟，那无情之手
把你作为发泄她忿怒的对象；
她尚未来得及读懂你的缘由，
就匆匆把你送进贪婪的炉膛。

你本来值得派上更好的用场，
而不应该像异教徒遭受火刑；
你离经叛道但并非作乱犯上，
只是替你主人申诉隐痛冤情。

她对你主人的忧伤漠不关心，
却又强迫他诉说心中的痛苦，
而当他向她倾诉悲苦与酸辛，
她却又充耳不闻，不屑一顾。

但永远存留吧，永为她唱赞歌，
尽管她不领情，而且以怨报德。

49

无情的美人，你为何这般凶残？
难道因为你双眼有杀人的力量？
须知慈悲为怀才是力量之源泉，
而普度众生比杀戮更万古流芳。

但是，如果炫耀你专横的目光
是你的乐趣，是你骄傲的意志，
就请你别对无辜的他跋扈飞扬，
而集中你的力量对付你的仇敌。

让他们充分体会你的凶残暴戾，
像科克苔丝一瞪眼就叫人丧命；[1]

---

① 科克苔丝是西方传说中一呼气一瞪眼就能置人于死地的蛇怪或女巫。

但对他，他在你脚下卑躬屈膝，
就请你宽大为怀，动恻隐之心。

这大慈大悲将使你受到顶礼膜拜，
所以你饶我一命将使你千秋万载。

50

我心灵的创伤，肉体的痛苦，
双重的疾病使我一天天憔悴，
这时候来了一位高明的大夫，
他有药使我肉体的痛苦消退。

我说：大夫，这外伤太轻微，
你应该把我内心的伤口瞧瞧；
难道这颗心不是肉体的指挥，
是它任意支配着这形骸躯壳。

所以你得先配一剂灵丹妙药，
先把我内心深处的忧伤平息，
这样我肉体的疾病才会治好。
但这已超出那位大夫的技艺。

那我生命的良医，请展示医术，
用一剂药将我身心的疾痛解除。

51

我难道不懂它们是故意被造就，
那些最美又最硬的大理石雕像？
为了让它们能世世代代地存留，
为了让它们所纪念的永不消亡。

那我为何要责备她的铁石心肠？
不谙爱情的我应加倍把她称赞，
因为所有不硬的东西都不优良，
它们很难天长地久，亘古不变。

虽是千年铁树也有开花的一天，
虽是铁石心肠也有变软的时辰，
我希望终能侵入她顽固的心田，
那时她那颗心将更加贞固坚定。

只是要得到她，需经受更多痛苦，
可一旦获取她芳心，我会更幸福。

52

多少次与她分别，独自回府，
我怀着忧郁的心情踽踽而行。
像一个被解除了武装的战俘，
像一个被剥夺了自由的罪人。

假若现在我承认自己被囚禁，
被愁悒和孤独的痛苦所羁拘，
远离心上的人儿被流放充军，
长期默默置身于颓丧与孤寂；

那我将摒弃所有的享乐欢娱，
虽然享乐欢娱会带给我安慰，
但那突如其来的沮丧和忧思
会用全世界的欢乐使我受罪。

所以，她不在时我将苦行苦修，
待与她重逢我将得到我的报酬。

53

豹深知它的斑皮令百兽爱慕，
也明白它的相貌令百兽胆寒，
于是它将可怕的头藏进矮树，
以便诱捕观者作为它的美餐。

我那无情的美人也要这手腕，
因为她以花容玉貌窈窕身姿
引诱我坠入情网，走向深渊，
而她对我的衰亡则毫不怜惜。

真可羞，看起来就像是圣女，
生来就是为这世界增色添辉，
但却让她的观者把诱饵吞食，
恬不知耻地充当邪恶的傀儡。

可慈善和美丽本应该水乳相交，
从它们的创造者身上即可知晓。

54

在我们生活的这个大舞台上，
我爱人就像观者，懈怠慵懒，
看我变着法把我的才智伪装，
看着我把一幕幕露天戏上演。

有时候适逢良机我尽兴尽欢，
戴上快乐的面罩演一出喜剧，
但每当我的欢笑又变成哀叹，
我痛苦，伤心，开始演悲剧。

可她只是目不转睛把我凝视，
不为我喜而喜，为我悲而悲；
我哭她却笑，而我笑她又讥，
她的心永远是座森严的堡垒。

什么能打动她？如果悲喜均不能，
那她只是块石头，而不是个女人。

55

当我注目凝视她的花容玉貌，
当我以此比较她的冷酷无情，
我常常诧异到底是什么材料
把她造成这样一个冷面美人。

不是土，因为她的思想神圣，
不是水，因为她的爱心似火，
不是火，因为她把欲望冻冷，
不是气，因为空气比她轻薄。

那就需要把另一种原素寻索，
造就成她的，也许就是苍天，
因为她骄傲的神情渴望天国，
她的心也永远那么清虚高远。

但既然最好是把你比喻成天空，
那么你就应该像老天一样宽容。

56

你虽然美丽，但却凶残冷酷，
就好像一头老虎嗜血又贪婪，
当偶然发现一只弱小的动物，
你任意把它虐待，肆无忌惮。

你虽然美丽，但却自命不凡，
就好像一场风暴把万物摧毁，
当发现一颗小树尚气息奄奄，
你对它百般摧残，怒施淫威。

你还愚顽坚硬，虽然你很美，
就像巨浪狂涛中的一座岩石，
当一叶孤舟不慎撞上那石堆，
就会遭灭顶之灾，葬身海底。

我就是那只动物那颗小树那叶孤舟，
它正在被你虐待被你摧毁被你引诱。

57

漂亮武士，我何时能与你和好？
现在该是这场战争结束的时候；
我再也不能忍受向你乞求哀告，
再也不能忍受你无休止的战斗。

太弱我的力量，太痛我的伤口，
我还能苟延残喘也真令人惊叹，
我的心早已被一千支利箭穿透，
一千支从你眼睛里射出的利箭。

而你还在拉弓，对我毫不可怜，
企图把这残酷的射杀作为光荣。
无情的美人哟，能得什么桂冠，
你杀的人愿为你而死为你而生。

与我讲和吧，并不时给予我恩赐，
那样我流血的伤口就将不治而愈。

58

为最自信的她而作

把娇弱之躯寄托于她自身力量，
蔑视别人帮助，这自信太脆弱；
当她以为无所畏惧，万事通畅，
那份自信会顷刻之间坍塌跌落。

众生皆无常，她的力量也单薄，
就好像肥皂泡被风吹起而飘浮，
当诡谲的时间和命运将它吞没，
没有人能再将它的光彩又恢复。

除了信念本身永远是那么自负，
富者智者强者美者均不敢自信，
站在最高处的人总是跌得最苦，
因为世间没有一成不变的事情。

我骄傲的美人，你为何如此误判，
相信你自己万无一失，永远平安？

59

她真幸福，因为她那么自信，
她总是心安理得，平心静气，
既不会被更好的事情所勾引，
也不会为更糟的意外而忧虑。

就犹如一条航船，坚定不移，
劈波斩浪保持着正确的航向，
既不躲避那暴风雨骤然而至，
也不迷恋靠不住的晴日阳光。

这种自信无须怕敌人的怨望，
这种自信无须讨朋友的欢心；
她只须依靠自己坚韧的力量，
既不盲从朋友也不屈从敌人。

最恬静安然的她哟，最最幸福，
爱上这样一个她，他心满意足。

60

那些擅长于天体运行的神祇
为每一颗行星定下不同年轮；
照此看她运行周期已经终止，
就像火星用六十年走完行程。

自从带翅的爱神让那颗行星
进入我的轨道，已一年时光；
这一年对我来说像漫漫无尽，
比我蹉跎的四十年还要漫长。[①]

那么按照情侣们的时间算账，
四十载还不如丘比特的一年，

---

① 斯宾塞生于何年并无文件可考，但《小爱神》写于1593年间却确凿无疑。史学家和文学评论家们正是根据这一行诗而推测出斯宾塞生于1552年。

可这一年我浪费在朝思暮想，
由于焦思的痛苦，更显缓慢。

但明年让我爱人那颗美丽的行星
缩短行程，不然就缩短我的生命。

61

造物主灿烂辉煌的美的典范，
我胸中的偶像，心里的至圣，
从今以后我的恭敬难以言传，
再也不敢贸然说她倨傲骄矜。

因为她是造物主创造的精品，
与天上的众天使是亲姊亲妹；
由天国的圣人亲手抚育成人，
每位圣人都用礼物将她饰缀；

在凡人眼里她是欢乐的蓓蕾，
是清晨的鲜花，黎明的曙光；
那除了承认她理当傲睨卑微，
有何理由对她的爱痴心妄想？

这种天仙神女应当被顶礼膜拜，
而不应该与凡夫俗子相亲相爱。

62

疲惫的一年添进了他人生之旅，
新岁将他循环的历程再次更新；
迎着清晨和煦的曙光他已开始
寻求无忧无虑，寻求平安宁静。

所以，让我们趁这年轮的变更，
也改变一下我们的精神和思想；
让我们避免昔日那些无谓纷争，
把那些使我们烦恼的舛误涤荡。

这样新年将会把它欢乐的阳光
照射进那个曾阴暗忧闷的黑洞；
那些正蒙蔽他爱人的雨猛风狂
也将渐渐平息，最后无影无踪。

爱，终将使你忧郁的心变得快活，
把昔日的痛苦烦恼变成新的欢乐。

63

经历了不曾经历的狂风暴雨，
承受了难以承受的千难万险；
也曾有过沮丧，曾有过恐惧，
我的船曾被抛向死亡的边缘。

但我终于看见了幸福的彼岸，
那个我心灵久久渴望的地方；
远远望去它给予我亲切之感，
那么富饶美丽，更令我神往。

真幸运终能获得安全与欢畅，
真幸运终能在那儿好好休憩；
最后的欢乐足以把过去遗忘，
忘掉曾使我气馁的痛苦忧郁。

有此极乐所有痛苦都微不足道，
有此至福所有的忧郁都显太少。

64

承蒙她恩典，我亲吻她的芳唇，
我仿佛闻到了百花盛开的花园；
那弥散的芳香馥郁，如兰之馨，
最适合少女们装饰情人的房间。

那芳唇闻起来像清馨的紫罗兰，
她红润的双颊犹如红红的玫瑰；
她雪白的面额好似含苞的水仙，
她可爱的眼睛像石竹正溢芳菲。

她的颈脖香如耧斗菜令人心醉，
她的胸脯像一堆草莓芗泽四溢；
她的乳房似百合，子叶尚未褪，
她的乳峰恍若茉莉花沁人心脾。

所有的奇花异卉都散发奇馨异香，
但她那美妙的气息比花儿更芬芳。

65

亲爱的，你的疑惧毫无必要，
你无须愚蠢地担心失去自由，
相反你会把双重的自由得到，
用他刚摆脱的束缚把他禁幽。

真情结成的缧绁甜蜜又温柔，
没有丝毫强迫，也不怕邪恶；
金丝雀身居鸟笼不觉被拘囚，
而总是无忧无虑地尽情唱歌。

那里没有傲慢，也没有不和，
来破坏忠贞的爱结成的同盟；
而只有相互间的好意和磊落
轻轻地抚平对方昔日的伤痛。

忠贞将安然地住进坚固的城堡，
纯洁的欢愉将筑起神圣的爱巢。

66

对于你所拥有的一千种幸运，
对于上天赐你的一万种恩惠。
唯有这一点最容易被人看轻。
你所爱上的人是如此的卑微。

你哟，你风姿绰约典雅高贵，
你哟，你绝世独立千载难求，
这世间难觅佳婿与你相匹配，
你为何纡尊降贵，如此屈就？

但你因此获得了更大的荣耀，
这种荣耀胜过你嫁一名王子；
因为现在你的光彩更加不朽，
在我隐密的心中更辉煌壮丽。

不过既然你的光辉已把我照亮，
那我的反射就将使你万古流芳。

67

像一名追得精疲力竭的猎手，
眼睁睁看着猎物从跟前逃逸，
他坐在一片树荫下歇息停留，
被猎物愚弄的猎犬气喘吁吁。

我也这样经历了漫长的追觅，
但当我已经放弃徒然的追赶，
那头温驯的小鹿却回心转意，
回到我身边的溪流啜饮清泉。

她用她温柔的眼睛把我观看，
勇敢地站在溪旁，无意逃遁；
直到我抓住她，她微微发颤，
我用她的好心将她牢牢缚紧。

真奇怪，一头自由自在的小鹿，
竟然因为她的痴迷而被我捉住。

68

光荣的救世主啊，就在今天，
你取得对死亡和罪孽的胜利，
你降临地狱把我们救回人间，
让我们从此沐浴到你的爱意。

主啊，请用欢乐把今天开始，
让我们永远生活得幸福快乐，
你为了拯救我们，受难赴死，
用你红殷殷的鲜血涤荡罪恶。

我们要为你的博爱永唱赞歌，
以你爱我们的方式把你热爱；
为了你，受过伤的人间过客，
彼此将情同手足，以爱相待。

亲爱的，所以让我们爱心似火，
因为爱是主教我们的人生之课。

69

古代有许多著名的武士英雄，
习惯于建造功碑，雄伟壮丽；
他们在碑上记载他们的战功，
记下伟大的冒险勇敢的业绩。

那什么样的功碑对我最适宜，
在碑上我可以刻下我的记念，
记念我如何征服那绝世美女，
用荣誉爱情和贞洁把她装点。

我的功碑就是这永恒的诗篇，
这诗将成为永垂不朽的丰碑；
它将告诉后人她的美丽娇艳，
后人将把这段前世奇缘赞美。

这光荣的纪念，这幸运的猎物，
获取它我曾历尽难辛备尝痛苦。

70

阳春哟，伟大的爱神之信使，
你的衣袍上正绽开朵朵花蕾，
生长于大地之百花争艳斗丽，
都那么绚烂多彩，娇娆柔媚。

去见我的爱吧，她尚在冬闺，
睡眼惺忪，无忧无虑地倚躺；
告诉她良辰苦短，兔走乌飞，
除非她能够抓住飞逝的时光。

所以哟，叫她快快梳洗停当，
到爱神的信徒中去侍奉爱神；
谁若是错过了她命定的情郎，
爱神的惩罚将是眼泪和悔恨。

快享受甜蜜的爱，趁青春妙龄，
因为谁也不能唤回逝去的光阴。

71

我饶有兴趣地看见你在画中，
如何把我比喻成潜藏的蜘蛛，
把自己比做一只轻盈的蜜蜂，
不知不觉就要上当成为俘虏。

你正是这样被你的对手迷住，
掉进他精心编织的爱的圈套，
现在你已经被枷锁紧紧束缚，
你永远也别再试图逃之夭夭。

不过正如你画中的那般美好，
有馥郁的忍冬，芬芳的蔷薇；
你将发现那是座可爱的监牢，
有许许多多欢乐和愉悦点缀。

人们将在那里看见永远的和平，
那蜘蛛和蜜蜂之间将充满欢欣。

72

我的心常常展开雄健的翅翼，
扶摇直上飞往那纯净的蓝天；
可尘世的一切总使双翅乏力，
俗念凡心成了我飞翔的负担。

每当我把那非凡的美人看见，
看见她的光彩犹如天国光辉，
受到美的诱惑，我飞回尘寰，
完全忘了刚才曾向天国奋飞。

极度的欢乐使我的灵魂陶醉，
幸福的沐浴更使我心驰神往，
把另一个天国抛到九霄云外，
我一心只想要满足她的愿望。

能在人间享受天国的至福极乐，
我的心儿不再需要其他的快活。

73

我这颗谁也不可能奴役的心，
反倒把自己囚禁在忧郁之中，
可你美丽的金发打破这囚禁，
它向你飞来，寻求你的恩宠。

像一只小鸟不顾隐藏的樊笼，
当它飞向所渴望的诱饵食物；
我这习惯你眼光喂养的心灵，
飞到你跟前才能够得到满足。

请把它关进你那温柔的胸脯，
它或许心甘情愿做你的奴隶，
在那里，它或许将学会歌赋，
学会歌唱你的美貌你的名字。

说不定你今后永远也不会后悔，
不会后悔让它飞进了你的心扉。

74

非凡技艺排列的幸运的字母，
首先组成了那个幸运的名字；
那名字已经三度赐予我幸福，
分别给我肉体、财产和心智。

第一次是母亲赋我血肉之躯，
从她的子宫我继承家族血缘；
第二次是女王陛下慷慨恩赐，
她赐予我光荣，赐予我财产；

第三次是我的爱我生命之欢，
她让我的心智从尘埃中升华，
使我能把她歌颂，把她称赞，
歌颂她值得称赞的端庄高雅。

你们三位伊丽莎白将永远流传，[①]
因为你们赐予了我这三种恩典。

---

① 诗人的母亲和情人（博伊尔小姐）都与伊丽莎白女王同名。

75

有一次我把她的名字写在海滩，
可海浪卷来，卷走了她的名字；
我再一次把她的名字写在海滩，
但潮水涌来，把我的辛劳吞噬。

她说：自负的人，别徒劳无益，
想让一个凡人的名字长存永驻，
因为连我自己也如同我的名字，
终会像这样被抹掉，化为尘土。

我说：不会，让那些庶民村姑
回归尘土，可你的芳名将永生；
我的诗将使你的美德流传千古，
我要把你辉煌的名字写在天空。

这样，即使死神征服了整个人寰，
我们的爱也将永存并将新生繁衍。

76

你充满善良德行的美丽胸脯，
那爱情的窝巢，喜悦的天堂，
那快活的宅邸，欢娱的寓处，
那天使之心栖息的神圣地方，

我是怎样为你的可爱而发狂，
我的思绪又是怎样把你迷恋？
当脆弱的思绪为它朝思暮想，
就已经把那份美丽可爱侵占。

在犹如五月鲜果的双乳之间，
收获的季节仿佛就快要到来；
思绪无拘无束地把翅翼拍展，
大胆地歇息在那美丽的胸怀。

思绪哟，我羡慕你们幸福的歇息，
我向往这种歇息，但从不被允许。

77

一张精致的餐桌用象牙制造，
是一场梦，还是我亲眼所见？
那餐桌上摆满各种美味佳肴，
可款待一名骄傲的王子用餐。

菜肴中间有一只美丽的银盘，
盘上有两个无价的金色苹果，
比赫拉克勒斯获取的更璀璨，[①]
远胜过阿塔兰忒受到的诱惑。[②]

---

① 赫拉克勒斯是希腊神话中之伟大英雄，一生创下无数英雄业绩，其中最著名的有十二项，而从百头巨龙那里获取三个金苹果即为其中一项。

② 阿塔兰忒是希腊神话中之女英雄，善跑，凡向她求婚的人必须与她赛跑，失败者立即被杀，胜利者则可以和她结婚。英雄希波墨涅斯由女神阿佛洛狄忒相助，用计跑赢了阿塔兰忒。赛跑时，他边跑边扔女神赐予的三个金苹果，阿塔兰忒经不住诱惑去拾金苹果，结果输了比赛，成为希波墨涅斯的妻子。

苹果鲜美，但为了避免罪恶，
许多人向往，可从不敢品尝，
不敢品尝来自伊甸园的禁果，
不敢品尝爱神亲自送的欢畅。

她的酥胸就是那一桌山珍海味，
我的思绪是客人，能尽情陶醉。

78

没有了我的爱，我四处游荡，
像一头刚失去了母鹿的小鹿；
寻遍了见过她的每一个地方，
她的音容笑貌始终历历在目。

我找过了留有她身影的小屋，
我找过了留下她足迹的田原，
虽说那小屋田原都依然如故，
但我却未能在那儿把她看见。

每次我凝神屏息，瞪直双眼，
结果却怅然若失，垂眼伤心；
每次我都以为见到她的容颜，
结果使我欣喜的不过是幻影。

眼睛哟，别再希求见她的真容，
就让我的思绪把她永存于心中。

79

人们称你美人，你深信不疑，
因为你每天就这样孤芳自赏；
但真正的美人该有聪明才智，
该有更令我赞赏的纯洁善良。

因为别的，无论它多么漂亮，
终会失去光彩，将化为乌有；
只有心灵之美才能万古流芳，
能免于众生难逃的腐败衰朽。

这才是真正的美，它才能够
证明你来自天国，非凡神妙，
证明你来自至高无上的天主，
世间一切真和美均由他创造。

主和主所赋予的才是唯一的美，
如花似玉的美人终将香消色褪。

80

经历了那么漫长的跋山涉水，
穿越了六卷长歌创造的仙境，[1]
请允许我歇歇脚，消除疲惫，
请允许我喘喘气，恢复精神。

那么我将像骏马经历了艰辛，
歇息后又重新振奋开始奔驰；
勇敢地开始我的第二段旅程，
用应有的小心和坚定的努力。

但现在请允许我在我的陋室，
用诗歌把我爱人的可爱赞颂；

① 六卷长歌指斯宾塞写的长诗《仙国女王》的前六卷（参见本书第33首及注释）。

一想到她天使般的容貌身姿，
我的灵魂便向更高境界升腾。

不过对她的赞颂还得稍稍适度，
让她适合充当仙国女王的女仆。

81

我爱人真美，当你有幸目睹，
她美丽的金发在微风中飘荡，
玫瑰似的红晕在她脸上显露，
或从她眼里闪烁出爱的光芒。

我爱人真美，当她挺起胸膛，
那胸膛就像载满珍宝的帆船；
当她的笑把骄傲的乌云涤荡，
那乌云经常使她的光芒暗淡。

但她最美时是当她打开那扇
用珍珠和红宝石装饰的大门；
她的如珠妙语从那门中出现，
如珠妙语包含着她一腔真情。

那容貌之美不过是自然的造化，
但这言辞之美却是奇妙的心花。

82

我生命之欢乐常因爱上了你，
我感谢上帝赋予我这般幸运；
但我也更同情你不幸的遭遇，
让我卑微的爱降低你的身份。

因为，假若上帝对你的爱情
像对你的其他一样施予恩惠，
你也许会爱上一个才子贤人，
而他会把你的名字刻在金碑。

但既然你已经对我纡尊降贵，
大发慈悲把爱给了你的奴仆，
那我将尽力用我贫乏的智慧
让你那不朽的芳名流传千古。

这些使我振奋的高尚的赞诗
将使你身价百倍，声誉鹊起。

83 [①]

目不转睛哟，我饥渴的双眼，
不辞辛劳地凝望它们之所爱；
永远看不够，永远没有抱怨，
默默地承受着单相思的悲哀。

因为若不看她，生活更难捱，
而它们越是看她越是看不够，
就像那耳喀索斯他顾影自爱，
惊奇诧异使我过分定睛凝眸。

但我双眼对一切都不堪忍受，
它们只凝望那个美丽的倩影，

① 参见本书第 35 首译文及注释。

对它们曾经喜欢的朱颜红袖，
现在却不屑一顾，索然无兴。

世上一切光彩于我都微不足道，
与她相比所有光彩都黯然渺小。

84

不要闪出一星一点情心色念，
那将会打破她那圣洁的安宁；
不要显露一丝一毫轻佻浪漫，
那将会搅乱她那清白的芳心。

就怀着纤尘不染的一腔纯情，
就怀着发自内心的高贵思想，
再伴随着天使般的愉悦高兴，
常常去她那冰清玉洁的闺房。

只满足于看她那焕发的容光，
不过这份恩宠我也未能获得，
但别把这悲状苦境向她声张，
那只会使她拘谨，手足无措。

就好好欣赏她完美的冰肌玉骨，
为你命运的美好选择衷心祝福。

85

这世界认不出有价值的东西，
说我对她的赞颂不过是谄媚；
杜鹃也这样，当画眉鸟鸣啼，
它也急匆匆张开它那张笨嘴。

可他们不懂神圣的优雅高贵，
他们不懂，只会妒忌或羡慕，
是妒忌使他们对她疑神疑鬼，
但未使他们把她的价值认出。

在我胸中，在我内心之深处，
她的价值被一支金羽笔描摹。
这价值激起了我神圣的愤怒，
使我嘴里充满了对她的赞歌。

当震天号角把这赞歌吹遍环宇，
就让这世界去嫉妒，或者惊奇。

86

刻毒的舌头哟，你舌尖犹如
一条阴险毒辣的卑鄙的毒蛇，
用它，复仇女神盘结成发束，[1]
从它，谗言恶语像毒汁喷射。

让地狱里恐怖的痛苦与灾祸
作为你摇簧鼓舌应得的报赏；
我心爱的人儿变得愤怒冷漠。
全都是因为你的谎言和诽谤。

让那团复仇之火落在你身上，
烧掉你不仁不义邪恶的舌尖，

① 传说中的复仇女神身材高大，相貌丑陋，眼中流血，头发由毒蛇盘结而成，一手持复仇的火炬，一手持用蝮蛇扭成的长鞭。

你居然与阴谋诡计结为同党，
破坏了我甜蜜而温馨的平安。

耻辱是你的奖赏，灾祸是报酬，
这都因为你让我吃了这份苦头。

87

自从我与我心上的人儿离别，
我已经熬过许多烦闷的白天，
还有许多漫长而阴沉的黑夜，
悠悠长夜似乎过得特别缓慢。

因为，每当朝霞把天空点燃，
我就希望黑夜把这白昼吞并；
而一到剥夺了我光明的夜晚，
我又希望灿灿白昼快快来临。

我就这样在希望中消磨时辰，
用日夜的交替掩饰我的忧伤；
可似乎忧伤越掩饰越发难忍，
而每一分钟都显得格外漫长。

就这样，忧愁如流水夜以继日，
而欢乐的时光却总是转瞬即逝。

88

自从我失去那束光线的照射，
那光线曾一直指引我的思想，
我就犹如在漫漫黑夜里漂泊，
风声鹤唳都会引起我的恐慌。

我两眼漆黑，即使天气晴朗，
当别人都能看见自己的影子；
而唯有那束神光形成的映像
依然深深地存留在我的眼底。

通过我最纯洁的灵魂而凝视，
我仍然清楚地看见那团光影；
我就用那光影支撑我的意志，
喂养我那因爱而饥渴的灵魂。

但当我用这团光影使心灵满足，
却瞎了我的眼，饿了我的体肤。

89

就像那只栖在秃枝上的斑鸠，
为它伴侣的离去而悲伤哀叹，
它的歌充满渴望，充满忧愁，
只因为它的伴侣迟迟不回返。

此刻我郁郁不乐，形只影单，
为我爱人的离去而黯然神伤；
像那伤心的斑鸠我肝肠寸断，
为寻她我天涯海角四处流浪。

天下再没有什么能使我欢畅，
除非看见她令人快活的身影；
她甜蜜的容貌使凡人和上苍
在她的天真可爱中怡然销魂。

失去了她的光芒，我暗无天日；
没有了这种幸福，我唯有一死。

译者后记

精巧的形式 炽热的感情

《小爱神——斯宾塞十四行诗集》中译本代序

一、十四行诗和十四行组诗

我们所谓的十四行诗，英语和法语都叫Sonnet，意大利语称Sonetto，据说源自普罗旺斯语Sonet[①]，起初泛指中世纪流行于欧洲民间的抒情短歌。闻一多先生曾把Sonnet翻译成“商籁体”。此译音意俱佳。就音而言，“商

---

① 法国学者Jean Suberville认为，准确地说，Sonet一词源自罗曼语族的奥克语（Langue d'oc）和奥依语（Langue d'oïl）。参见絮佩维尔著《法国诗学概论》（洪涛译），四川文艺出版社1990版第387页。

籁体”与 Sonnet 发音相似；就意而论，商乃五音之一，籁是自然声响；且商者，伤也（欧阳修《秋声赋》），而伤情苦恋正是 Sonnet 的传统主调。但由于绝大多数 Sonnet 都写成 14 行，而且其主题内容自 16 世纪之后也越来越广泛，不再局限于爱情，故今译“十四行诗”亦可谓名副其实。

迄今为止，“十四行诗之起源尚未探明”。[①] 不过从形式上讲，最早的十四行诗可见于 13 世纪的意大利，“西西里诗派”诗人贾科莫·达伦蒂尼（Giacomo da Lentini）最先用这种诗体进行创作，但丁收在《新生》（*La vita nuova*）中的 31 首诗也大多是十四行诗。文艺复兴时期诗人彼特拉克（1304 ~ 1374）继承西西里短歌、普罗旺斯情歌和

① Gillie. Christopher. *Longman Companion to English Literature*. London: Longman Group Ltd, 1977, p. 800.

意大利“温柔新体”[①] 的传统，以浪漫的激情、优美的音韵、严谨的格律，以及浓厚的人文主义气息，使爱情十四行诗的形式更趋完美，以他为代表的意大利体十四行诗被人称为彼特拉克体。这种诗体后来被欧洲各国诗人竞相模仿，并因各国语言之不同而产生了不同的变体。不过“流传最广、最为人们认可的三种主要诗体是彼特拉克体（Petrarchan）、斯宾塞体（Spenserian）和莎士比亚体（Shakespearean）”。[②] 这三种诗体每行都有五个抑扬格的音步，即抑扬格五音步（iambic pentameter）。彼特拉克体全诗分为两个部分，即由一个八行诗节（octave）和一个

---

① 温柔新体（dolce stil nuovu）是13世纪意大利出现的一种抒情诗流派，但丁的《新生》（*La vita nuova*）被认为是该诗派的最高成就。

② Preminger, Alex.（ed.）*Encyclopedia of Poetry and Poetics*. New Jersey: Princeton University Press, 1965, p. 781.

六行诗节（sestet）组成，八行诗节的韵脚固定为 abbaabba，六行诗节的韵脚有几种不同的排列，如 cdecde 和 cdcdcd 等。斯宾塞体由三个四行诗节（quatrain）和一个对句（couplet）构成，其韵脚为 abab bcbc cdcd ee。莎士比亚体之体列与斯宾塞体一样，但其韵脚为 abab cdcd efef gg。

十四行组诗在英文中称做 sonnet cycle 或 sonnet sequence，指围绕某个特定主题或针对某位具体人物写的一组十四行诗。在十四行组诗中，每首诗相当于长诗中的一个诗节，但与长诗诗节不同的是，十四行组诗中的每首诗都可以独立成篇。其实我们熟悉的《莎士比亚十四行诗集》或白朗宁夫人的《葡萄牙人十四行诗集》就是这样的“组诗”，但较之中文语境中的“组诗”，这些“组诗”的篇幅通常更大，适合单独结集成书，故国人多把这类“组诗”称为“诗集”。“十四行诗集”虽未能反映出 sonnet cycle 或 sonnet sequence“围绕某个特定主题或针对某位具体人物而写”这一特点，但这种说法在中国已约定俗成。

如果说十四行诗的形式源于意大利诗人达伦蒂尼，那么早期十四行组诗的主题内容则可追溯到古罗马诗人奥维德。正如埃克塞特大学教授埃文斯所说：“从古至今，情欲的满足和受挫都是爱情诗的两大主题。用叶芝的话说，是赢得一个女人还是失去一个女人更能激发诗人的想象，这是一个难以回答的问题。不过对写彼特拉克式十四行诗的诗人而言，起源于奥维德的爱情十四行诗无疑是最适合描写情欲受挫的诗歌形式。”[①] 说十四行诗的形式源于奥维德，这种说法也许还值得商榷；但说十四行组诗的主题源自奥维德的《恋歌》(*Amores*)，这一结论却未可厚非。

---

① Evans, Maurice. (ed.) *Elizabethan Sonnets*. Totowa: Rowan and Littlefield, 1977, p. vii.

因奥维德的《恋歌》虽用的是哀歌体[①]，但收入《恋歌》的49首短歌却可谓组诗，因为这49首短歌围绕一个特定的主题（爱情），针对一个特定的人物（一位名叫科林娜的女子），构成了一个完整的故事，淋漓尽致地抒发了诗人对科林娜的爱恋之情。而文艺复兴时期的诗人认为，这种直抒胸臆的爱恋之情体现了古希腊罗马时代最完善的人性。

就诗的主题内容而言，诞生于文艺复兴时期的西方十四行组诗的确延续了奥维德《恋歌》的主调。如同《恋歌》抒发了诗人对科林娜的爱恋一样，但丁的《新生》吟唱了诗人对女友贝雅特丽齐的爱情和悼念，彼特拉克的《歌集》（*Canzoniere*）咏叹了诗人对他

---

① 在西方古典文学中，哀歌（elegy）并不等于挽歌（lament），当时哀歌歌咏的内容相当广泛，战争、死亡和爱情都可成其为主题。直到16世纪以后，哀歌才开始局限于表达哀悼之情。

倾心的少女劳拉的热恋和哀思，锡德尼的《爱星者与星》（*Astrophel and Stella*）讴歌了那颗令诗人倾心动情的“星”（斯黛拉），斯宾塞的《小爱神》（*Amoretti*）记述了诗人向心上人伊丽莎白·博伊尔求爱的曲折过程，莎士比亚的《十四行诗集》也歌颂了诗人对一位青年男子的友情和对一位黑发女郎的爱情。至此为止，“彼特拉克的模仿者……通常都遵循这样一种传统模式：某位男性诗人爱上了某位年轻貌美的女性，但这位女士或冷漠孤高，或守身如玉，或名花有主，诗人的爱得不到回报，但他已不能自拔，只能在毫无希望的单相思中低吟高唱，赞美其情人”[①]。

也许是因为这种传统模式的一再重复，有学者认为那些“备受相思、焦虑和失望煎熬

---

① Lowers, James K. *CliffsNotes On Shakespeare's Sonnets*. Lincoln: CliffsNotes Inc., 1965, p. 5.

的彼特拉克式情人”并非诗人自己，[1]他们诗中讴歌的那些女性也纯属虚构，仅仅是诗人“心目中的理想妇女形象”[2]。然而，虽说奥维德的科林娜因年代久远而无从考证，虽说的确有诗人对着自己虚构的情人“无病呻吟”，但不少“理想妇女形象”却并非无中生有，而是现实生活中有血有肉的人物。但丁的贝雅特丽齐（Beatrice Portinari）出生在佛罗伦萨一贵族家庭，她生于1266年，于1290年去世。[3]彼特拉克的劳拉（Laura）出生在法国的阿维尼翁，诗人于1327年4月6日在阿维

---

① Kimbrough, Robert.（ed.）*Sir Philip Sidney: Selected Prose and Poetry*.Madison: The University of Wisconsin, 1983, p.162.

② 朱维基《前言》，见但丁《神曲》（朱维基译），上海文艺出版社1990版第2页。

③ Mack, Maynard and others.（ed.）*The Norton Anthology of World Masterpieces*, Volume I. New York and London: W.W. Norton & Company, Inc. 1995, p. 1693.

尼翁的圣克莱尔教堂第一次见到她，唯一像是虚构的是她碰巧于21年后的同一天（1348年4月6日[①]）死于蔓延欧洲的那场瘟疫[②]。锡德尼的斯黛拉虽是个虚构的名字，但其原型就是埃塞克斯伯爵瓦尔特·德弗雷（Walter Devereux，1541～1576）的女儿佩内洛普·德弗雷（Penelope Devereux，1562～1607），诗人在《爱星者与星》第13、18、24、35和37首中都明确地暗示了这一事实。而斯宾塞那位与他母亲和女王同名的伊丽莎白（见《小爱神》第74首）最终成了他妻子则是一段斯宾塞不写《小爱神》也没人能抹去的历史。所以，尽管现代批评家对这些十四行诗人的

---

① 一说4月8日（参见 *Encyclopaedia Britannica/Micropaedia,* Vol. VI. p. 78）.

② Mack, Maynard and others.（ed.）*The Norton Anthology of World Masterpieces*, Volume I. New York and London: W. W. Norton & Company,Inc. 1995. p. 2400.

感情是否真挚提出质询[1]，尽管有学者认为把这些“虚构”的女性视为真人“凭的是真伪莫辨的证据”[2]，但笔者认为，既然我们也同样没有确凿证据证明贝雅特丽齐、劳拉、佩内洛普、伊丽莎白和“黑发女郎”并非但丁、彼特拉克、锡德尼、斯宾塞和莎士比亚在现实生活中的爱人，既然爱情十四行组诗自彼特拉克以来就形成了包含有自传成分的传统，那我们就姑且相信文艺复兴时期爱情十四行诗中那些“彼特拉克式情人”大多都是诗人自己，他们所讴歌的对象大多都是他们现实生活中所钟爱的女性。因为，如果说十四行诗精巧的形

---

① Cf. Selincourt. Ernest de. Introduction. in Smith J. C. & Selincourt, Ernest de. (ed.) *The Poetical Works of Edmund Spenser*. London and New York: Oxford University Press, 1947, p. xxv.

② Kimbrough, Robert. (ed.) *Sir Philip Sidney: Selected Prose and Poetry*. Madison: The University of Wisconsin, 1983, p.162.

式只能来自那些天才诗人对艺术的执着追求，那么他们诗中所抒发的炽热感情则只能来自他们对心上人的炽热爱情。

二、英国伊丽莎白时代的十四行诗

随着文艺复兴思潮在欧洲的传播，十四行诗于16世纪初叶传入英国，并很快成为当时最流行的诗体之一，使伊丽莎白时代涌现了一大批十四行诗人。最先把十四行诗引入英国的是怀亚特爵士（Sir Thomas Wyatt，1503～1542）和萨里伯爵（Henry Howard，Earl of Surrey，1517～1547），他俩一直分享着“英国十四行诗之父”（father of the English sonnet）这一美誉。

怀亚特是亨利八世的宠臣，曾于1527出使意大利，这使他有机会深入了解了彼特拉克的十四行诗。在安妮·博林（Anne Boleyn，1507～1536）成为亨利八世的第二任妻子之前，怀亚特与她曾有过一段恋情，据说他的十四行诗就是为她而作[①]。虽说怀亚特的十四行诗大多是对彼特拉克十四行诗的模仿，有的甚至是逐字翻译（如他那首著名的 *I Find No Peace* 实际上就是《歌集》第 134 首 *Pace non trovo* 的英语文本），但“正是他最先把对句用在十四行诗的结尾”[②]，“他最常使用的 abba abba cddc ee 这种韵式则预告了典型的英国十四行诗体即将形成”[③]。

萨里伯爵是骑士文化的最后代表之一，但在当时的英国朝廷，“他在艺术、学识和行

---

① 参见阿尼克斯特《英国文学史纲》（戴镏龄等译），人民文学出版社 1959 版第 79 页。

② Gillie. Christopher. *Longman Companion to English Literature*. London: Longman Group Ltd, 1977, p. 880.

③ Abrams, M. H. & others. (ed.) *The Norton Anthology of English Literature*, 6th Edition. New York and London: W.W. Norton & Company, Inc. 1996, p. 550.

为方面都堪称最具文艺复兴精神的人物”[1]，锡德尼说从他诗中就能读出“高贵的出身和高贵的思想”[2]。萨里是怀亚特的继承者，他的诗歌语言不如怀亚特的生动，但却更规范，更流畅，更具音乐性，而他最大的贡献在于拓展了十四行诗的形式和内容。在形式方面，他首先使用 abab cdcd efef gg 这种韵式，创造了后来被称为莎士比亚体的英国十四行诗体，因此这种十四行诗体又称“萨里体”。在内容方面，他使十四行诗的主题不再局限于爱情，而开始用这种诗体来歌颂友谊，譬如他用十四行诗为他的朋友克里尔[3]写的墓志铭。

怀亚特和萨里的诗在其生前大多都只以

---

① Gillie. Christopher. *Longman Companion to English Literature*. London: Longman Group Ltd, 1977, p. 812.

② Ousby, Ian. (ed.) *The Cambridge Guide to literature in English*. Cambridge: Cambridge University Press. 1988, p. 961.

③ 托马斯·克里尔（Thomas Clere），亨利八世时代的宫廷诗人，萨里伯爵的随从和朋友。

手稿和抄本的形式在贵族圈子内传阅，直到他俩都去世多年后的1557年，一位名叫里查德·托特尔的出版商刊行了《萨里伯爵和其他诗人的歌谣与十四行诗》。该书几乎囊括了16世纪初叶英国人文主义新诗的主要作品，收入的271首诗中有怀亚特97首，萨里40首。这本诗集后来通常按那位出版商的名字被称为《托特尔杂集》（*Tottel Miscellany*）。

然而，在《托特尔杂集》出版后的四分之一个世纪中，英国人对十四行诗似乎并不十分热衷。直到16世纪90年代，随着英国文艺复兴运动的高涨，尤其是随着锡德尼的《爱星者与星》于1591年正式出版，十四行诗在英国才突然风行，成为英国最为流行的诗歌形式。当时许多人追逐这种文学时尚，伊丽莎白时代（即英国文艺复兴第二时期）的著名诗人几乎都出版过十四行诗集，如桂冠诗人塞缪尔·丹尼尔的《致迪莉娅》（*To Delia*，1592）、亨利·康斯特布尔的《戴安娜》(*Diana*, 1592)、巴纳比·巴恩斯的《帕尔忒诺菲与帕尔忒诺珀》(*Parthenophil and Parthenope*, 1593)、老贾尔斯·弗莱彻的《丽西娅》(*Licia*, 1593)、托马斯·洛奇的《菲丽丝》(*Phillis*, 1593)、迈克尔·德雷顿的《美之镜》(*Idea's Mirror*, 1594)、约翰·戴维斯的《古林奇十四行组诗》(*Gullinge Sonnets*, 约1594)、巴塞洛缪·格里芬的《致菲德莎》(*To Fidessa*, 1596)和威廉·史密斯爵士的《珂珞瑞丝》(*Chloris*, 1596)等等。

不过在伊丽莎白时代的所有十四行诗中，艺术成就最高、人文思想最浓、流传最为广泛的无疑是锡德尼的《爱星者与星》、斯宾塞的《小爱神》和莎士比亚的《十四行诗集》，它们被称为“文艺复兴时期英国文坛上流行的三大十四行组诗”[①]。

---

① 李赋宁《序》，见斯宾塞《小爱神》(曹明伦译)，安徽文艺出版社1998年版第6页。

三、锡德尼及其《爱星者与星》

虽然锡德尼把写诗视为"休假"[①]，而与他的田园传奇《阿卡狄亚》（*Arcadia*，1590）和评论文章《诗辩》（*The Defence of Poesy* 或 *An Apology of Poetry*，1595）相比，《爱星者与星》也许并非他的最高文学成就，但这本十四行诗集在英国文学中的重要地位怎么强调也不会过分，因为正是这本诗集导致了伊丽莎白时代的诗人对十四行诗的狂热（craze），"而且可以这么说，没有《爱星者与星》，莎士比亚也许就不会写出他的《十四行诗集》"[②]。

---

① Abrams, M. H. & others.（ed.）*The Norton Anthology of English Literature*, 5th Edition, Volume I. New York and London: W.W. Norton & Company, Inc. 1986, p. 483.

② Lowers. James K. *CliffsNotes On Shakespeare's Sonnets*. Lincoln: CliffsNotes Inc., 1965, p. 7.

菲利普·锡德尼（Sir Philip Sidney，1554～1586）出身于贵族家庭，受过良好的教育。他不仅是杰出的诗人、作家和评论家，而且是出色的政治家、外交家和军事家；不仅是《侍臣论》[①]中那种理想化的西方绅士，而且堪比“能仕则仕，不能仕则隐”的东方君子；女王信任时则鞠躬尽瘁为国效劳，朝廷猜忌时则归隐田园撰文赋诗。他在英国支持荷兰反对西班牙统治的独立战争中阵亡，英格兰曾为这朵骑士之花（the flower of chivalry）之凋谢而举国悲恸，据说伦敦市民曾沿街列队目送他的出殡行列，齐声悲呼“别了，人世间最

---

①《侍臣论》（*Il Cortegiano*，1528）是意大利外交家卡斯蒂利奥内（Baldassare Castiglione，1478—1529）的杰作，该书用对话体的形式描写了理想的贵族绅士应具备的美德以及侍臣与君王之间的关系。《侍臣论》最初的英译本（*The Courtier*，1561）由托马斯·霍比翻译，据说锡德尼曾随身携带该书。

优秀的骑士”（Farewell，the worthiest knight that lived）[①]。他的几部杰作几乎都写于他被“放逐”[②]期间，《阿卡狄亚》是早期英国文学中最重要的散文体作品，《诗辩》在西方文学批评史上占有非常重要的地位，而《爱星者与星》则成了伊丽莎白时代的诗人们竞相模仿的范本。

《爱星者与星》是锡德尼写给第一代埃塞克斯伯爵的女儿佩内洛普的情诗，大概在

---

① Cf. Ousby, Ian.（ed.）*The Cambridge Guide to Literature in English*.Cambridge: Cambridge University Press, 1998, pp. 868–869.

② 1580 年，锡德尼因反对伊丽莎白女王与信天主教的法国储君安茹公爵联姻而触怒女王，被迫离开朝廷，“放逐”期间他住在妹妹（彭布罗克伯爵夫人）位于索尔兹伯里附近的乡间宅第，其间他写了《阿卡狄亚》和《爱星者与星》之大部分（参见《爱星者与星》第 23 首），《诗辩》很可能也是在此间写成。他于 1582 年被女王召回并封为爵士。

1581年至1582年间完成。佩内洛普在诗中被称为“斯黛拉”（意为“星”），诗人则自称为“阿斯托菲”（意为“爱星者”）。这本诗集共收108首十四行诗，另插入11首歌（抒情诗）；诗与歌主题一致，高唱低吟，把诗人的感情表现得淋漓尽致。锡德尼于1576年陪同伊丽莎白女王访问埃塞克斯伯爵家时第一次见到14岁的佩内洛普，由于这两个家族有多重亲缘关系，锡德尼与佩内洛普后来也常有交往。埃塞克斯伯爵于1576年9月病逝于都柏林，死前曾写信给锡德尼，表达要他娶他女儿的愿望，但由于各种原因，佩内洛普的监护人亨廷顿伯爵于1581年把她嫁给了里奇男爵。锡德尼对佩内洛普的爱似乎是在她婚后才开始变得炽热，因为《爱星者与星》前半部分更多地只是在赞美“斯黛拉”的美貌，或是描述诗人在理智与感情之间的挣扎，而后半部分则表露了诗人压抑不住的激情，尤其是第86首和第87首之间的第8歌记述了“斯黛拉”婚后与诗人“在一座浓密而幽深的树林”中幽会、相互表白爱意、但“斯黛拉”却拒绝做他情人的场面。不过现实生活中的“斯黛拉”（佩内洛普）在结婚4年后便成了芒乔伊勋爵的情妇，并于1601年与里奇男爵离婚，嫁给了芒乔伊勋爵。佩内洛普与里奇男爵离婚的原因之一便是锡德尼在《爱星者与星》第24首中所描述的里奇男爵的暴戾性格。

《爱星者与星》在艺术上取得了很高的成就。虽说锡德尼对诗歌技巧之役使、对其爱情经历之利用，都惟妙惟肖地模仿了彼特拉克，但他的模仿并非依样画葫芦，而是建立在掌握了英诗韵律奥秘的基础之上。“锡德尼认识到，历史上所有伟大的诗歌都证明：如果没有某种格律为基础，英语诗歌就不可能成熟，但他同时也认识到，诗必须自然，必须反映人类说话的语气和真实情感。英诗一方面需要格律的规范，另一方面又需要节奏和语气的自由。他发现这两种需要其实并不矛盾，完全可以被融合在一种和谐的张力之中。他让自然的语气节奏与严谨的诗歌韵律相交，偶尔因修辞需要稍加变通，结果创造出了一种‘声音’。虽然这种声音由他发出，但实际上却不是他的声音，而是诗的声音。”①由此可见，正因为锡德尼认为任何一种成熟的诗都必须有严谨的格律，所以他借鉴了彼特拉克的传统风格；而也正是因为他认为诗歌必须使用自然流畅的语言，所以他自觉地继承并发扬了怀亚特开创的口语体英国诗歌的传统，从而让世人听到了英语诗歌中那种最美妙的音乐。与莎士比亚和斯宾塞十四行诗相对统一的韵脚排列不同，锡德尼在《爱星者与星》108 首十四行诗中用了 12 种韵脚排列（其中用得最多的是 abba abba cdcd ee，共 63 首，约占 58%），使内容和形式达到了

---

① Kimbrough, Robert.（ed.）*Sir Philip Sidney: Selected Prose and Poetry*.Madison: The University of Wisconsin, 1983, p. 161.

尽可能的和谐。

四、斯宾塞及其《小爱神》

曾在伯明翰大学讲授诗歌课程的塞林科特教授认为："关于斯宾塞的生平，我们可以从官方文件和他同时代人的作品中获得一些信息，但最有价值的信息应该从他的诗中去发现。"[①] 的确，正是因了《小爱神》第60首第7–8行，史学家和文学评论家才最终断定斯宾塞生于1552年；正是因了他那首《祝婚歌》（*Prothalamiaon*）第131–138行，世人方知斯宾塞虽然出生在伦敦，他父母却并非伦敦人；而他那首脍炙人口的《新婚颂》（*Epithalamion*）则成了他最终与伊丽莎白·博

① Selincourt, Ernest de. Introduction. in Smith J. C. & Selincourt, Ernest de.（ed.）*The Poetical Works of Edmund Spenser*. London and New York: Oxford University Press, 1947, p. vii.

伊尔小姐喜结良缘的历史见证。

斯宾塞（Edmund Spenser，1552~1599）父母的家境并不富裕，但斯宾塞自幼聪慧，勤奋好学，后来入剑桥大学学习，于1572年和1576年先后获得学士学位和硕士学位。他在剑桥求学期间认识了一心要振兴英语诗歌的青年教师哈维（Cabriel Harvey，1545~1630），哈维在他毕业后推荐他做了莱斯特伯爵的秘书，通过热心于艺术的莱斯特伯爵，他认识了后来成为他朋友和艺术庇护人的锡德尼。他的成名作《牧人日历》（*The Shepherd's Calendar*，1579）便是献给锡德尼的。l580年，斯宾塞作为英国驻爱尔兰总督格雷伯爵的秘书前往爱尔兰。两年后格雷伯爵被女王召回，但斯宾塞却继续留在那块殖民地，并得到了位于科克郡的3000英亩土地和基尔科曼城堡，其后他很少回英国，后半生的大部分时间都生活在那里。虽然他一直在英国殖民政府中担任职务，并积极为平息爱尔兰人的反抗出谋划策[1]，但他从未间断过自己的诗歌创作。他的代表作《仙国女王》（*Fairy Queen*，旧译《仙后》）前3卷于1590年问世，后3卷于1596年出版。1598年，爱尔兰的旧贵族再次叛乱，基尔科曼城堡也遭洗劫，斯宾塞奉命回伦敦报信，次年病逝于伦敦，被葬于威斯敏斯特教堂墓地，与他所敬重的乔叟毗邻长眠。

斯宾塞常常被人称为“诗人的诗人”（the poet's poet），因为他一生都在探索诗歌的格律形式，为英语诗歌格律的创新和成熟做出了巨大的贡献，对后世英国诗人的创作产生了很大影响。除上文提及的斯宾塞诗体外，他在《仙国女王》的创作过程中还首创了一种被后人称为“斯宾塞诗节”（Spenserian

---

① 例如他曾于1596年撰写长文《论爱尔兰的现状》（*A View of the Present State of Ireland*）认为都铎王朝对爱尔兰封建贵族对英国殖民统治的反抗应采取强硬的态度。

stanza）的形式。“斯宾塞诗节”每节9行，均为抑扬格，前8行5个音步（10音节），第9行6个音步（12音节），韵式为ababbcbcc。这种适用于长诗写作的诗节“是英国诗歌史上最具原创性的格律形式之一”①，后来拜伦的《恰尔德·哈洛德游记》、雪莱的《伊斯兰的叛变》、济慈的《圣阿格尼斯节前夕》，以及丁尼生《食莲人》的序诗部分都用这种诗节写成。斯宾塞诗作的内容也相当丰富，处处弥漫着人文主义者对生活的热爱与憧憬、新柏拉图主义者对世界的冥思和玄想、清教徒的宗教伦理和道德观念，以及新兴资产阶级强烈的爱国热情，因此弥尔顿曾称他为“比邓斯·司各脱或托马斯·阿奎那更好的老师”②。

---

① Preminger, Alex.（ed.）*Encyclopedia of Poety and Poetics*. New Jersey: Princeton University Press, 1965, p. 807.

② Abrams, M. H. & others.（ed.）*The Norton Anthology of English Literature*, 6th Edition, New York and London: W.W. Norton & Company, Inc. 1996, p. 275.

斯宾塞一生写了为数不少的抒情诗，其中最为出色的就是记述他向伊丽莎白·博伊尔求爱之过程的十四行组诗《小爱神》。博伊尔小姐出身名门，与科克伯爵理查德·博伊尔（Richard Boyle，1566 ~ 1643）有血缘关系，她的家位于科克郡东部靠近约尔海湾的地方[①]，离斯宾塞的基尔科曼城堡不远。斯宾塞向她求婚大约始于 1593 年春天，最终于 1594 年 6 月 11 日与她成婚。诗人新婚后的喜悦之情不仅见于他为庆祝自己结婚而作的《新婚颂》，更见于他首次在作品成稿不久就迫不及待地将其发表这一举动。按照当时的出版许可规定，他于 1594 年 11 月 19 日（结婚后刚半年）就将合为一册的《小爱神》和《新婚颂》送交伦敦书籍印刷出版经销同业公会进行了书

① Cf. Selincourt, Ernest de. Introduction. in Smith J. C. & Selincourt, Ernest de.（ed.）*The Poetical Works of Edmund Spenser*. London and New York: Oxford University Press, 1947, p. xxxv.

稿登记，并于1595年出版了该书。

《小爱神》初版一共有89首诗[①]。这些诗在艺术上达到了炉火纯青的地步，除第8首采用英国体（莎士比亚体）外，其余88首均用斯宾塞自己新创的诗体（斯宾塞体）。这种诗体实际上是意大利式十四行诗体和英国式十四行诗体的融合。斯宾塞保留了意大利式十四行诗体的5韵（英国诗体为7韵），但第2节和第3节的首行韵脚必须与前一节的末行韵脚一致，因此与一般英国十四行诗体相比，斯宾塞体之韵脚更为复杂，结构更为精巧，写作难度当然也更大，这也许就是后来者对这种诗体赞者众而用者寡的原因。

既然是爱情十四行组诗，《小爱神》当然也继承了自彼特拉克以来就形成的传统，作者当然也属于那种“备受相思、焦虑和失望煎

---

① 后来有些版本只有88首，原因是1595年初版的第35首与第83首几乎完全相同。

熬的彼特拉克式情人”。但与当时的其他十四行诗人相比，斯宾塞毕竟高人一筹。《小爱神》的主题内容虽然传统，但字里行间却不乏新意。他像其他十四行诗人一样赞美情人的美貌，但却更看重情人的心灵之美。他在诗中写道：“但有一件最美的珍宝最难找寻，／这就是她那颗美好纯洁的芳心”（第 15 首）、“只有心灵之美才能万古流芳，／能免于众生难逃的腐败衰朽”（第 79 首）。他像其他十四行诗人一样相信文学可以使美名不朽，但他还相信文学可以使美德（virtue）长存。莎士比亚在其著名的十四行诗第 18 首中写道“只要有人类生存或人有眼睛，我的诗就会流传并赋予你生命”，而斯宾塞早在《小爱神》中就写过：“只有我这用徒然痛苦凝成的诗／才能使你的芳名流传千秋万代”（第 27 首）、“我的诗将使你的美德流传千古，我要把你辉煌的名字写在天空”（第 75 首）。

五、莎士比亚及其《十四行诗集》

与锡德尼和斯宾塞等同时代诗人相比，莎士比亚（1564 ~ 1616）可谓出身卑微，以致世人迄今对他早期的生活经历也知之甚少。他何时开始写作？何时加入剧团？在成为作家之前靠什么谋生？这些问题连研究莎士比亚的专家也难以回答。据说他上过他家乡（埃文河畔斯特拉特福镇）的一所文法学校，可该校偏偏丢失了那个时期的学生档案；据说他是于 1587 年随一个到他家乡演出的剧团到的伦敦，但此说法只能算是“忽悠人的推测”（intriguing speculation）[①]；据说他年轻时在乡下当过小学教师，不过其根据只是“业余人类学家”奥布里（John Aubrey，1626 ~ 1697）

---

① Cf. Drabble, Margaret.（ed.）*The Oxford Companion to English Literature*. Oxford: Oxford University Press, 1985, p. 889.

《见闻杂录》中的只言片语。关于莎士比亚前半生的经历，除了斯特拉特福镇教堂保存的他于1564年受洗和于1582年结婚的两条记录外，世人能考证到的最早文字记录是一段对他含沙射影的攻击。这段文字见于那位在牛津和剑桥都拿过学位的“大学才子”罗伯特·格林（Robert Greene，1558～1592）的《以无数悔恨换取的点滴智慧》（1592）一书。格林在该书篇末提醒马洛、洛奇和皮尔等剧作家说：“别相信那班戏子，他们中有只用我们的羽毛装扮出来的乌鸦，一只自命不凡的乌鸦，一只戏装下包裹着野心的乌鸦。他以为他像你们任何人一样能写一手素体诗，以为自己是无所不能的万能博士，以为这个国家只有他能‘震场’（Shake-Scene）。”

世人应感谢格林写下了这段不恭之词，因为这段话使我们确信，莎士比亚在1592年之前就已经名震英国文坛。至于他后半生的经历和成就，世人已经有了比较清楚的了解。

他在 20 多年的创作生涯中，为这个世界奉献了 38 部诗剧、两部长诗、154 首十四行诗和若干短诗。

莎士比亚的《十四行诗集》初版于 1609 年，但在此之前的 10 余年间，这些“甜蜜的十四行诗一直在他亲密的朋友中间传阅”①。关于这些诗的写作年代，夏威夷大学的洛厄斯博士在分析了前人的结论和论据后说：“最稳妥的说法应该是，这些诗可能写于 1585 年至 1609 年间的任何时候。其中绝大部分很可能写于 1593–1594 和 1598 ~ 1601 这两个时间段。”② 这组十四行诗可分为两个部分，诗人在前一部分（第 1–126 首）歌颂了他与一位

---

① Cf. Smith, Hallett. Sonnets. in Evans, G. Blakemore & others.(ed.) *The Riverside Shakespeare*. Boston: Houghton Mifflin Company. 1974, p. 1745.

② Lowers, James K. *CliffsNotes On Shakespeare's Sonnets*. Lincoln: CliffsNotes Inc., 1965, p. 11.

青年男子之间炽热的友情，同时也悲叹这位朋友被诗人自己的情人引诱，并表达了他因这位朋友喜欢另一位诗人而产生的懊恼之情；在组诗的后部分（第127–154首），诗人审视了自己对一位“从他身旁把天使引开”的女人（黑发女郎）的迷恋之情。

近400年来，莎学家们一直试图证明诗中的青年男子和黑发女郎到底是谁。关于青年男子，有人认为应该是莎士比亚的艺术庇护人南安普敦伯爵亨利·赖奥思利（Henry Wriothesley，1573 ~ 1624），因为莎士比亚此前出版的两部长诗（《维纳斯与阿多尼》和《鲁克丽斯受辱记》）都是题献给他的，不过这种推测因证据不足而遭人质疑。黑发女郎的身份更难查实，有人说她是一位名叫罗莎琳的女子，根据是莎士比亚在《爱的徒劳》和《罗密欧与朱丽叶》中都曾提到过这位黑发黑眼且皮肤黝黑的女郎。在《爱的徒劳》中，罗莎琳是法国公主的侍女，是那瓦国王的侍臣俾隆倾慕的对象。在该剧第4幕第3场，那瓦国王和侍臣们之间有一番关于女人是金发碧眼美还是黑发黑肤美的争论。罗莎琳在《罗密欧与朱丽叶》一剧中并未出场，她只是作为罗密欧在见到朱丽叶之前所爱的女人被提及，在该剧第1幕第2场第83–87行中被形容为与天鹅相比就像乌鸦的美人。但这样的考证当然更显牵强附会。

然而，正如莎学专家史密斯教授所说，难以确定诗中青年男子和黑发女郎的确切身份，反倒能鼓励我们把注意力集中于这些十四行诗的艺术品质[1]。的确，当我们潜心欣赏这些甜美的十四行诗之时，青年男子和黑发女郎是谁似乎并不重要。不过，虽说“没必要把莎翁的十四行诗当做自传来读，但我

---

① Cf. Smith, Hallett. Sonnets. in Evans, G. Blakemore & others.(ed.) *The Riverside Shakespeare*. Boston: Houghton Mifflin Company. 1974, p. 1746.

们并不否认这些诗行中包含有诗人的生活经历”[①]。这些诗虽是写给朋友和情人的，但涉及的内容十分深广，已远远超出了对友谊和爱情的咏叹，处处激扬着诗人对真善美的讴歌，对假恶丑的抨击，对人性解放、个性尊严和社会公平的向往。而经过莎翁的实践和改造，英语十四行诗的形式也变得更加精巧，更加完美。这154首十四行诗实乃莎翁人文主义精神发展成熟的标志，是其高超艺术水平的一座丰碑。

六、汉译英语十四行诗的韵式问题

《莎士比亚十四行诗集》在我国已有多种译本，最早的译本见于上世纪40年代；《小

---

① Kerrigan, John.（ed.）*William Shakespeare: The Sonnets and A Lover's Complaint*. London: Penguin Book-Ltd. 1986, p. 169.

爱神》中译本于1992年问世[1]，1998年再版。

翻译外国十四行诗是否应该步原韵，历来是中国翻译家和学者探讨的一个问题。国内有学者根据莎士比亚十四行诗各中文译本的韵式安排，将翻译出版过莎士比亚十四行诗的中国译者分为“异化派”和“归化派”[2]。但笔者认为，译诗是否步原韵并非“归化”、“异化”的分水岭，只要译者才识兼备，译法得当，保持英语十四行诗韵式的中译文仍有可能保持原诗统一、平衡、和谐等美学特征，仍有可能让译文读者感受到语音和语义的跌宕起伏，感受到节奏上的舒缓张弛。例如莎士比亚十四行诗第60首：像波涛涌向铺满沙

---

① 《小爱神》由曹明伦翻译，李赋宁作序，安徽文艺出版社1992年初版，1998年第2版。

② 参见罗益民，“等效天平上的‘内在语法’结构——接受美学理论与诗歌翻译的归化问题兼评莎士比亚十四行诗”，《中国翻译》2004第3期第27页。

石的海岸，/我们的时辰也匆匆奔向尽头；/后浪前浪周而复始交替循环，/时辰波涛之迁流都争先恐后。/生命一旦沐浴其命星的吉光，/并爬向成熟，由成熟到极顶，/不祥的晦食便来争夺其辉煌，/时间便来捣毁它送出的赠品。/光阴会刺穿青春华丽的铠甲，/岁月会在美额上挖掘出战壕，/流年会吞噬自然创造的精华，/芸芸众生都难逃时间的镰刀。/可我的诗篇将傲视时间的毒手，/永远把你赞美，直至万古千秋。

笔者历来主张翻译外国文学作品应在神似的基础上追求最大限度的形似，因为译介外国文学作品一方面是要为本民族读者提供读之有益的读物，另一方面则是要为本民族作家提供可资借鉴的文本，而要实现这一目的，就不仅要译出原作的思想内容，同时还要译出其文体风格。正如锡德尼所认为的那样：任何一种成熟的诗都必须有严谨的格律；而笔者以为，中国新诗之所以走到今天“诗道陵夷”（流沙河语）、“梨花诗”盛行的地步，原因之一就是未能创造出若干“有严谨格律”的诗体。鉴于此，笔者主张翻译外国十四行诗应尽可能保持原诗的格律形式，包括各种不同的韵式。

但我们应该注意到，有严谨格律的十四行诗也常常“变格”甚至“破格”。如莎士比亚十四行诗第126首就不是莎士比亚体，而是英雄双行体，而且全诗只有12行；《小爱神》第8首也不是斯宾塞体，而是后来被称作莎士比亚体的英国体。《爱星者与星》中的“变格”情况更为普遍，108首诗中有6首（第1、6、8、76、77和102首）使用了六音步诗行（hexameter），而不是英国十四行诗通常的五音步诗行（pentameter），并且如前所述，锡德尼在这108首十四行诗中用了12种韵脚排列，如下表：

不过我们同时也应注意到，这些“变格”或“破格”并非随意为之，而是因内容需要

《爱星者与星》韵脚排列一览表

种类	排列方式	诗序号	共计
第 1 种	abba abba cdcd ee	2、8、9、11、12、16、17、18、19、21、22、23、27、28、29、30、31、32、34、37、38、41、44、45、46、47、49、50、51、52、53、54、55、56、57、59、60、64、67、68、69、71、72、76、79、82、83、84、85、86、90、91、92、93、94、95、96、97、99、104、105、107、108	63 首
第 2 种	abab abab cdcd ee	1、7、20、24、25、26、33、35、36、39、42、65、66、70、74、75、77、l0l、103	19 首
第 3 种	abba abba ccd eed	15、48、58、63、78、80、98、100、102、106	10 首
第 4 种	abab baba ccd eed	6、61、81、87	4 首
第 5 种	abab abab ccd eed	3、73、88	3 首
第 6 种	abab baba cdcd ee	10、43	2 首
第 7 种	abba baab cdcd ee	13、14	2 首
第 8 种	abab abab ccd ccd	4	1 首
第 9 种	abab bcbc dede ff	5	1 首
第 10 种	abab abab cde cde	62	1 首
第 11 种	abba abba ccd ccd	40	1 首
第 12 种	abba abba aba aba	89	1 首

引起的形式变化，并且形式之变化往往也有传统格律为依据。如上表中的第 89 首只用了两韵，而萨里伯爵的《芬芳季节》(*The Soote Season*) 早就用了这种韵式，只不过萨里的韵脚为 abab abab abab aa。为内容需要而“破格”之极端见于格里芬的十四行组诗《致菲德莎》最末一首（第 62 首），该诗只用了一韵，其押韵方式为 aaaa aaaa aaaa aa，每行结尾都是一个爱（Love）字，从而使整组诗的感情抒发达到最高潮。从上表中我们还可以看出，在 12 种韵脚排列中，用前 3 种排列的诗共 92 首，占《爱星者与星》全集的 85%，其余 9 种排列只用于 16 首诗。由此可见，锡德尼使用后 9 种韵脚排列可谓“有格而不拘”，目的是为了使形式与内容更加和谐。受此启发，笔者在严格步原韵的前提下也有变通之处，如将属于第二种排列的第 24 首按第一种排列译出，而将属于第一种排列的第 84 首按第二种排列译出等等。

总而言之，由于任何民族成熟的诗歌都有严谨的格律，所以笔者提倡中文译者保持英语十四行诗的押韵格式；但由于诗歌必须使用自然流畅的语言，所以笔者也反对削足适履，因韵害义。当然，从某种意义上说，既要保持原韵，又要自然流畅，这对译者而言也许只是一种追求，而《伊丽莎白时代三大十四行诗集》的翻译就是这种追求的一次尝试。

曹明伦

戊子年汶川地震后于成都

跋※

埃德蒙·斯宾塞（Edmund Spenser，约1552～1599）是英国文艺复兴时期最重要的诗人之一。莎士比亚是这一时期最伟大的戏剧诗人，斯宾塞的重要性主要在于他继承并发展了英国诗歌的叙事、抒情和讽刺传统，在乔叟和密尔顿之间架起了一座桥梁，赢得了“诗人的诗人”（the poet's poet）这一美誉。斯宾塞对他同时代和后世的英国诗人产生了不可估计的巨大影响。他的极为高超的掌握诗歌音乐效果的技巧启发了与他同时代的戏剧诗人马洛（Christopher Marlowe，1564～1593），使马洛得以把英诗的10音节诗行提高到具有千变万化的表达力的无韵诗体（blank verse）

※ 此跋是李赋宁先生为1992年版《小爱神》所作序。

的艺术高度，这样就间接促进了莎士比亚的成长。斯宾塞对密尔顿和18世纪英国沉思诗人汤姆孙（James Thomson，1700 ~ 1748）和葛雷（Thomas Cray，1716 ~ 1771）都产生过强烈影响。到了19世纪，浪漫主义英国诗人更加深刻地接受了斯宾塞的影响，例如雪莱和济慈的早期作品就充满了对斯宾塞的模仿。斯宾塞所建立起的英诗传统是一种富于音乐性的图画性的诗歌语言，诗歌的背景是一种脱离现实的梦幻世界，叙述方式是讽喻性的，写作目的是道德的和严肃的。但是英诗还有另一种传统，这就是以邓恩（John Donne，1572 ~ 1631）为代表的口语传统。20世纪英国诗人脱离了斯宾塞的诗歌传统，而极力发扬邓恩的口语传统。

斯宾塞虽出身寒微，但他却受了高等教育。在剑桥大学求学期间，他就熟读了柏拉图和亚里士多德的著作，希腊和罗马诗人，以及文艺复兴时期意大利诗人塔索（Tasso，1544 ~ 1595）

和阿里奥斯陀（Ariosto，1474 ~ 1533）的作品。早在1569年，斯宾塞就已翻译了意大利诗人彼特拉克（Petrarch，1304 ~ 1374）和法国诗人杜·博莱（Du Bellay，1522 ~ 1560）的诗篇。在他青年时代，斯宾塞还写了《爱情颂》（*In Honor of Love*）和《美颂》（*In Honor of Beauty*）两首赞美诗。这足以说明斯宾塞深受柏拉图思想的影响。通过剑桥大学同学哈尔维（Gabriel Harvey 1545？~ 1630）的介绍，斯宾塞结识了贵族作家锡德尼（Philip Sidney，1554 ~ 1586），并且参加了锡德尼的文学俱乐部。这个俱乐部的文学讨论产生了锡德尼的文艺理论名篇《诗辩》（*An Apologie for Poetrie*，1595年出版）和斯宾塞的文学批评著作《英国诗人》（*The English Poete*，没有流传下来）。1579年斯宾塞发表了他的第一部重要诗作《牧人们的日历》（*The Shepheardes Calendar*）。这部作品包括12首牧歌（eclogues），采取牧人们之间的对话形式。

在这部作品里斯宾塞模仿了古罗马诗人魏吉尔（Vergil，公元前 70 ~ 前 19 年）和文艺复兴时期意大利拉丁诗人曼图安（Mantuanus，1448 ~ 1516）牧歌诗体的风格。

1579 年，斯宾塞开始创作他的最主要的作品，长诗《仙后》（*The Faerie Queene*）。这诗的头三卷出版于 1590 年；另外三卷出版于 1596 年；第七卷的片断出版于 1609 年。斯宾塞在这首长诗的序言中告诉读者他写这诗的崇高目的在于“用美德和善行来塑造和锻炼高贵和纯洁的人”。为了达到这个目的，他设计了一部长篇巨著，共分 12 卷，每一卷举例说明某一种美德的性质，通过叙述代表这一美德的高贵骑士所经历和遭遇的种种奇特和惊险的故事来达到寓教于乐的目的。作为一名新教徒和柏拉图主义者，斯宾塞深切关心他那个时代的宗教和历史重大问题。在他的作品里，他极力反映出文艺复兴时期人们把诗歌看做最高的道德教育的手段这一观点。

诗体神话传奇《仙后》正是通过骑士探险的故事来进行道德教育。在这个意义上,《仙后》又是一部伟大的民族史诗，堪与古代希腊罗马以及文艺复兴时期意大利的史诗作品相比拟。作为民族史诗,《仙后》是一部洋溢着爱国热情的赞歌，颂扬女皇伊丽莎白一世和在她统治下英国的繁荣富强。另外，在宗教意义上,《仙后》这部幻想传奇又是一部道德讽喻诗，它象征着人类对于道德完善和灵魂拯救的不断追求。

斯宾塞的其他诗歌作品包括:《爱星者》(*Astrophel*，1595年出版)——这是对1586年阵亡于疆场的锡德尼的悼亡诗;《科林·克劳特又重新回到家园》(*Colin Clout's Come Home Again*，1595)——这是一首讽喻性的牧歌长诗,《小爱神》(*Amoretti*，1595)——这是一组献给他的情人伊丽莎白·博伊尔(Elizabeth Boyle)表达诗人爱慕之心的十四行诗;《喜歌》(*Epithalamion*，1595)——这是一首庆祝诗人与伊丽莎白·博伊尔完婚、诗人献给新娘的喜庆之歌；《婚礼预祝歌》（*Prothalamion*，1596）——这是一首庆祝吴斯特伯爵（the Earl of Worcester）的女儿们结婚的颂诗；等。

《小爱神》十四行组诗共89首。这个作品记录了斯宾塞对伊丽莎白·博伊尔的求婚和他们的结婚（1594年）过程。这个求婚过程共经历了两年之久。斯宾塞的《小爱神》十四行组诗继承了文艺复兴时期意大利诗人彼特拉克所建立起来的十四行诗歌传统。斯宾塞不仅模仿彼特拉克，他还发展了这一传统。例如，在韵律方面，他进行了一些创新的试验，把意大利形式的十四行诗体和英国形式的十四行诗体融合成为一体。意大利形式是八行（octave）加六行（sestet），韵脚为abbaabba cdecde，共为五韵。英国形式是三个四行（quatrains）加一个两行（couplet），韵脚为：abab cdcd efef gg，共为七韵。斯宾塞的十四行诗的形式基本上是英国形式，但韵脚却采取意大利形式，即：abab bcbc cdcd ee，较普通英国形式的韵脚更为复杂，更加严格。

尽管斯宾塞的十四行诗在韵律方面有所创新，但他的比喻和意象却是传统的。例如，他把爱情比做一座法庭（十四行组诗第10首），又比做宗教膜拜（第22首和第68首）；把被追求的情人视做诗人所遭受痛苦的残忍的施加者和无动于衷的观察者（第20、31、41、42和54首），她又是新柏拉图主义美的理想的化身（第3、9、45、51、79和88首）；爱情又被比做战斗（第11、12、14和57首），比做暴风雨（第46首），比做疾病（第50首），还被比做航海（第63首）。诗人有时向他所追求的情人许诺通过他的赞美使她的名声变为永恒（第27、29、69、75和82首）；有时由于作为诗人他可以尽情施展他的语言才能而感到欢欣鼓舞（第1和84首）；诗人献给他的情人的赞词也往往因袭惯例。例如，第

40首："一百名司美女神"坐在她的"每一个眼睑上"；"当阴云消散时"，诗人"受到暴风雨打击的心灵"感到欣慰。情人的眼睛又被比做武器（第7、16和49首），还被比做陷阱（第37首）。情人也被比做一只"温顺的小鹿"（第67首），又被比做一只"轻盈的蜜蜂"，被诗人蜘蛛所织的温柔罗网抓住而脱身不得（第71首）；情人还被比做残忍的母豹（第53首）和老虎（第56首）。情人的美丽还被比做宝石和贵重金属（第15首），比做不同的光源（第9首）；比做花卉的芳香（第64首）。有些十四行诗运用了古典神话，把情人比做俄底修斯的忠实妻子珀涅罗泊，比做私自打开宙斯交给她的盒子的潘多拉，比做化做月桂树的女神达佛涅，比做大力士赫拉克勒斯的金苹果（第23、24、28和77首），又把诗人自己比做化做水仙花的美少年那耳喀索斯，比做被海豚救上海岛的希腊诗人兼音乐家阿里翁，还比做感动鸟兽木石的歌手俄耳甫斯（第35、38和44首）。总之，斯宾塞在《小爱神》十四行组诗里充分发挥了十四行诗的诗歌传统，有继承，也有创新，承上启下，做出了重要贡献。

文艺复兴时期英国文坛上流行着十四行诗的三大组诗：菲力浦·锡德尼的《爱星者和星》（*Astrophil and Stella*，创作于约1580年，出版于1591年）；莎士比亚的十四行组诗（*Shakespeare's Sonnets*，出版于1609年），和斯宾塞的《小爱神》组诗（*Amoretti*，出版于1595年）。莎士比亚的十四行组诗在我国已有多种译本，读者对莎氏十四行诗较为熟悉。其他两个十四行组诗在国内尚无译本。曹明伦同志对英诗造诣颇深，他的诗歌翻译才能已在《英诗金库》一书里充分显示出来，令人赞佩。他有志承担斯宾塞《小爱神》十四行组诗的翻译，这是莫大的好事。曹明伦同志中、英文写作水平皆高，对文学翻译，尤其是诗歌翻译，积累了颇为丰富的经验。他的译诗风格优美、流畅，颇能上口，具有相当好的音乐性和图画性，因此颇为接近斯宾塞原作的风格。我祝贺曹明伦同志在译《小爱神》时取得了又一次的胜利。

李赋宁

1992 年 4 月于北京大学朗润园